紙帳銅瓶室文丛

照影留痕忆旧游

郑逸梅 著
沈建中 编

目　录

辑一

梁启超的几件小事

新会梁启超是历史人物，他的荦荦大端，早见各家纪载，毋庸赘言。古人说："贤者识其大者，不贤者识其小者。"我不贤自居，就谈谈他的几件小事吧！

启超是南海康有为的弟子，他从康游，年为十九。喜读《瀛寰志略》，早有遨游五洲之想。当黎黄陂任总统时，拨款三万元，俾作瑞士之游。这时朱家骅适寓瑞士，设宴款接，知道启超不喜西餐，嗜本国风味，奈该处尚没有中国菜馆，便由其夫人亲煮鱼脍肉脔、黄齑白菜，虽寥寥数色，启超却朵颐大快。日长无聊，找些留学生作拉杂谈，有时打打扑克，藉以消遣。

他书法秀逸，尤以行楷为胜，唐浏阳赠给他一方菊花砚，江建霞太史为之刻铭，他书兴飙举。写了很多楹帖，赠送朋好，以结墨缘。后来此砚失掉，他大为懊丧。

他晚年在陈师曾的追悼会上，看到陈列的遗作中，有集姜白石的一副篆书联："歌扇轻约飞花，高柳垂阴，春渐远汀洲自绿；画桡涵明镜，芳莲坠粉，波心荡冷月无声"，深叹其工丽。他受这影响，也就集词成联，不自珍秘，任人挑取。他的弟弟仲策挑的一副是："曲岸持觞，记当时送君南浦；朱门映柳，想如今绿到西湖"。胡适之挑的一副是："胡蝶儿，晚春时，又是一般闲暇；梧桐院，三更雨，不知多少秋声"。他最惬意的是赠徐志摩的："临流可奈清癯，第四桥边，呼棹过环碧；此意平生飞动，海棠影下，吹笛到天明"。他自己也认为"这联能表出志摩的性格，还带着记他的故事，他曾陪印度泰戈尔游西湖，又尝在海棠花下做诗，做个通宵"。这个消息，传到外边去，要的人太多了，不克应付，他索性定了润例，公开卖字。我的谱弟赵眠云的心汉阁中也悬着梁启超的集宋词联，就是这个时候购来的。

梁启超做诗，从过四川赵尧生（香宋）。又喜"人境庐"黄公度。他在《饮冰室诗话》中，竭力推崇黄氏。所以他的诗如："青年心死秋梧悴，老国魂归蜀道难"，就是黄公度的风格。他治学很谨严，兼及版本目录，我藏有他的一纸手稿，写在红格的"饮冰室著述稿"上，字细如蝇头，列有《国史经籍志》六卷、《明艺文志》五卷、《千顷堂书目》三十二卷，各有识考。这是亡友谢国桢送给我的，谢是梁氏的弟子。我什袭珍藏，作为双重纪念。

新会橙在水果类中称为珍品，市间所售的，裹以桑皮纸，标为新会橙，大都是赝伪的。珍品新会橙系梁氏家乡产品，他有一篇《说橙》："新会橙，天下之所闻也。老农为余言，植橙之地，亩容百五十株，每株得橙二百枚，一枚重率在三、四两之间，五枚为一斤，每株年可得四十斤，每亩年可得六千斤，就橙地市橙，每百斤值九两，一亩之值，殆五百四十两有奇。橙五年而实，亩值五百四十两有奇者，六年以后之事也。新树畏烈日，自第二年至第五年，必间岁植蔗及瓜豆芋栗之属，以捍蔽之。植橙百亩者，六年以后，可以坐收五万四千两之利。尽吾县可耕之地而植橙，岁入可骤增一万一千元，埒国帑矣。余语老农，若胼而手，胝而足，终岁勤动，而惟于岁值六两之谷是艺，舍多就寡，舍逸就劳，抑何傎耶！老农语余，县官岁以橙贡天子，岁十月，差役大索于野，号为贡橙，罄所有乃去，百亩之橙，一日尽之矣。故今日新会橙，将绝于天下。”此篇可和白居易的《卖炭翁》并读。

梁氏逝世后，上海的粤中寓公，与和梁氏有雅故的，设奠于静安寺，公祭之典，由陈散原、张菊生主持，陈叔通、李拔可分任招待，礼堂中悬梁氏小像，香花供奉、来客甚多。四壁都是挽联，出于李拔可、黄炎培、沈恩孚、沈商耆、高梦旦、王西神、张东荪等之手。最突出的，有杨杏佛联："文开白话先河，自有勋劳垂学史；政似青苗一派，终怜凭藉误英雄"。杨皙子的联是："事业本寻常，成固欣然，败亦可喜；文章久零落，人皆欲杀，我独怜才"。最近出版界罗致梁氏作品，拟刊《梁启超全集》，并附许多有关梁氏的照片，为外间所未见的，附印其中，确是一大贡献哩。

姚石子有功乡邦文献

金山为人文渊薮，始属华亭，后归娄县。明洪武间筑城防海，才置金山卫。抗战时，日本侵略军乘虚在金山卫登陆，“金山卫”三字迭见报章，名乃大著。那儿的张堰镇，有两大望族，一高姓，一姚姓，高氏和姚氏，相互联姻，比诸古代的朱陈村，即苏东坡所谓：“画作朱陈嫁娶图”者是。南社耆宿高吹万和姚石子，谊属舅甥，貌亦相类。石子受吹万的民族革命思想影响。吹万号志攘，又号黄天；石子名光，号复庐，也是寓光复汉土之意。石子父亲介三，宽厚待人，平素无疾言厉色。他家佣仆窃盗资钱，一再而三，厥后被介三发觉，立唤佣仆来，他不但不加训斥，反而给以若干元，说：“大约你有急需，不得已作此卑行，以后尽可向我直言，我当济你之急，不告而取，那是不允许的。”佣仆羞惭而退，从此受到感化，不再施其惯技。石子秉其家教，凡亲朋向他告贷，他总是菩萨心肠，有求必应，虽久不归还，也从不向人讨索。当地贫农，向他借钱的，不乏其人，后来他家乡不靖，避居沪上，检理什物，借券满满一个小箧，他却付诸一炬，不留些儿痕迹。他只有三位妹妹，没有弟兄，和朋从往来，缟纻联欢，李桃投报，比亲骨肉还亲。我和他在某处不期而遇，过了一天，他就来舍访谈。这时我方撰写《尺牍丛话》，在《自修》周刊上连续登载，他认为从来只有书话、画话、诗话，尚没有过“尺牍话”，这是首创，希望我积稿多了，刊一专册。他很喜读我的掌故小品，搜罗什之七八，尚缺数种引为遗憾。我就把手头所有的补给了他，他很高兴。那《国学丛选》、《南社丛刻》，他都参与编撰，我所藏有缺的，他也补给了我。

他和王粲君结婚，两人合摄俪影，柳亚子填了罗敷媚词赠给他，如云：“几生修到鸳鸯伴，郎是兰成，妾是双成，并坐秦楼弄玉笙。黄金不把相思铸，月样聪明，玉样温存，绣出人间一段春。”他俩赴西湖欢度蜜月，后又同游西湖多次，凡苏堤春晓，曲院风荷、平湖秋月、断桥残雪等四季景色，都饱览无遗。且每次有诗有文，著有《浮梅草》、《续浮梅草》，并附《记烟霞紫云二洞》、《游西溪记》。其时是和亚子伉俪、吹万夫妇同去的，而冯春航适在杭演《冯小青》，燕钗蝉鬓，环珮登场，花怯柳愁，可怜楚楚，亚子为之动容，宠以佳什。又同吊孤山的小青墓，春航口占一诗：“小青遗迹尽低徊，若梦浮生剧可哀。千古湖山一荒冢，曾移明月二分来。”吹万与亚子，都有山水、美人、文字三癖好，吹万以山水为上，美人次之。亚子以美人为上，山水次之。石子却谓："文字之好，为三子所同，而其他二者则有次第之异。余意山水美人，固无先后其间也。盖因美人而思山水，因山水而怀美人，譬之树草，山水其叶，美人其花，美人藉山水以生光采，山水藉美人而不寂寞。言美人者，眉曰远山，目曰秋水，则美人而山水也。言山曰婷婷，言水曰温温，则山水而美人也。美人山水，不容轩轾。而山水美人，又须藉文字为点缀，则三者相辅相成，不容分判矣。"语妙于环，耐人玩索。

石子对南社的维护不遗余力。南社创始人之一的柳亚子，为了刊印南社社集和社友遗集，及南社的活动费用，先后耗若干万金，那是任何人做不到的。但后来因编制问题的争执，亚子愤而宣告脱离南社。群龙无首，这怎么办呢？石子出而奔走调解，好不容易才得挽回，亚子复了社籍。不久，又因唐宋诗之争，掀然起了大波，亚子是任性惯了的，经此刺激，消极不干。石子慨然出而维持，继续举行雅集，直把《南社丛刻》出至二十二集始止，所费在所不计。

石子家有"怀旧楼"，为藏书之所，有"自在室"，为潜修之地，有"松韵草堂"、"棣华香馆"，为会宴宾客之处。后面土阜突起，拟植松其上，奈以战事而罢。他对于乡邦文献，素极重视，辑有《金山卫志》、《金山诗文征》、《松江郡人遗诗》，都先后刊布。此外有《金山艺文志》，共八卷，分经部、史部、子部、集部、丛书部、寓贤著述部、邑人校刊书籍部、金石部，稿成，藏于家中，没有付梓。一自石子患腹膜炎不治下世，他的妹婿高君宾，请周大烈校识，揭载金山的地方报，君宾一一剪存，经过浩劫，也就零落不全了。

经常在报刊上发表小词的姚昆田，就是石子的哲嗣。

章太炎趣事

提起章太炎的大名，真是谁人不知，哪个不晓！他有疯子之号，其实他并不疯，却是唯一的趣人。鄙人认识他时，他住在南阳桥后同福里三楼。客去拜访他，必须向看门的说："来访章老爷。"那看门的便替客通报进去。若说："来访章先生。"看门的往往回复你说："这儿没有章先生。"若访太炎夫人汤国梨女士，须称"汤先生"，若呼"章师母"，看门的也会回复你："这儿没有章师母。"这大概是太炎预先吩咐看门的，可是人们莫明其妙哩！他的服御，很是特别。有一天穿了日本僧服，头戴草帽，手里却摇着一柄团扇，散步到张氏味莼园去，碰见一位朋友，他问朋友住在什么地方，朋友告诉他住在启秀编译局。朋友问他的住址，他说："我住刚毅印刷所。"朋友说："哪里有什么刚毅印刷所？"他说："我以为既有启秀编译局，怎能没有刚毅印刷所？"原来启秀和刚毅，都是满洲人，为庚子拳乱的罪魁祸首，说的那位朋友大笑起来。他双目近视，每逢宴会，只吃近边的菜肴，远的从不运箸，因为较远的菜肴，他辨不清楚，不知道是鱼是肉，也就不吃了。曾为陈树藩的太夫人点主，树藩送了他一颗汉印，他得意得了不得，替人写对联，时常钤用。鄙人有一次去访他，正有一客请他写对，他招呼着鄙人稍坐一回，一面磨墨，一面和客谈话。不知道那位客人说了什么话，他大不以为然，把墨向墨瓮中一掷，墨水溅起，污了客人一件簇新的华丝葛长衫，他睬都不睬，过来和鄙人闲话，那客只得懊丧而去。鄙人问他为什么这样动怒，他说："我写对素来没有称呼的，这人却一定要我在上款上加先生的称呼，这哪里办得到呢？"他到过日本，担任《民报》主撰，提倡革命，言词很是激烈，结果被日本当局所封禁，穷困不能生活，便教授几位留学生诗文经术。鉴于国事日非，心中愤懑，想到印度去做和尚，可是没有川资，未能成行，寓庐数天不举火，买几个麦饼充饥。民国成立，才回国主持《大共和日报》笔政。

太虚法师喜交诗友

浮图读书喜诗者，前有寄禅，后有曼殊、弘一，而太虚亦耽吟咏，往往信手拈来，自成妙谛。予少方外交，却与太虚善，盖其具文学资性，乃不期而相契也。太虚历游欧美及南洋群岛，所至宣扬佛法，消弭杀机，感化者不知若干万人。而大江南北，名山巨浸，足迹殆遍。丁卯，卓锡雪窦，蒋介石招之同游千丈崖，居溪口藏书楼，与蒋氏伉俪赏月讲《心经》，蒋谓："聆法师粲舌，令人心胆澄清，一尘不染，想古之生公云光，不是过焉！"太虚多诗友，与易哭庵、江建霞、梁节庵、邓尔雅、冯君木、张天放、张季直、陈散原诸子，时相唱酬，又与陆镇亭太史结木犀香诗社，月集数次，积诗如束笋。识八指头陀寄禅，尚在乙巳、丙午之际，太虚作诗，实由寄禅所启迪也。二十年来所成之长歌短什，刊之于《海潮音》中。有李基鸿者，于武昌世佛学苑建潮音草舍，为太虚纪念。且裒集其诗，印成一巨册，曰：《潮音草舍诗存》，蒙太虚见惠，至今犹留箧衍也。绝有趣者，太虚东游扶桑，闻有缁流同名太虚者，因诗以记之云："日本中华两太虚，未逢先见壁间书。他时若有相逢日，面目须眉如不如。”但始终未与同名之太虚把晤，深叹缘悭不置。年来太虚居玉佛寺，距舍不半里，休沐日，予常往访。太虚喜浏览报章杂志，凡述及彼之言行者，辄剪存之，粘订以留鸿雪。予所记凡若干篇，赫然俱在焉。知予喜集册页，乃亲书诗册见贻，草书极飞舞，如云：“秋山佳处策孤蹇，如读南华秋水篇。脱尽人间烟火气，御风列子意泠然。”则集外之稿也。太虚吐语极低，接之温如。予询其迩来曾否讲经，则云：“近患血压过高，遵医士诫，多事休养，讲经均已谢绝。”遂与予谈静安寺住持事，并见告一般寺规，有所谓十方派者，剃度子孙派者，传法子孙派者，甚为复杂也。太虚一度为参议政治之代表，盖于斌所推举者，有讥“和尚为出家人，何必管国家事”，于斌主教则答曰：“太虚虽已出家，却未出国，可知国家事不妨预闻也。”自太虚圆寂，僧伽政治，继起无人，悲夫！

南通状元张季直

翻到朱汝珍的《词林辑略》，清光绪二十年甲午恩科，这科人才特别多，如梁士诒、熊希龄、王铁珊、江春霖、陈昭常、孙师郑、沈淇泉等，都是具有太史公称号的翰林。那三鼎甲，即状元张季直、榜眼尹铭授、探花郑叔进，更是一举成名天下知了。

去年乙丑，为季直创办大生锦纺织厂九十周年。为了纪念张季直，特建立铜像，同时在南郊公园季直墓地，也立铜像一尊，均由名雕塑家唐大禧精工塑制。他的嫡孙张绪武、嫡孙女张柔武，及在港澳与海外的张氏后裔，都为参加庆祝，成为一时盛事。复有一些我熟识的侨胞，知我喜写人物掌故，见委写些季直的遗闻铁事，以资点缀。可是季直一生，做了许多伟大的事业，这些早已有人谈过，不贤识小，我摭些小的事情谈谈吧！

季直先世，是江苏常熟人，避兵灾，才从常熟的土竹山，移徙到南通，便寄籍为南通人了。季直生于清咸丰三年五月二十五日，名謇，字季直，晚号啬庵。岂知他读书的学名为吴起元，因为兼祧外家吴氏，直至应考，才恢复张姓。他读书很颖慧。有一次，一个武官骑着一匹白马，经过书塾门前，老师随口出一“人骑白马门前去”七字对，他立即应以“我踏金鳌海上来”。口气阔大，老师为之惊叹，认为此儿不凡，将来在科第上必能出人头地。此后季直竟大魁天下，不出老师所料。

季直晚年，退隐居乡，过着林泉生活。为了需要一个幽静的读书环境，便建造一些亭榭别墅。最先建的为林溪精舍，在狼山北麓下观音院旁边。松老成荫，环以筠竹，溪傍兀列一石，题之为磊落矶，由吴昌硕题字。又军山麓下，建东奥山庄，有受颐堂、倚锦楼诸胜。在西山中，建西山村庐，濒临江滨，风景幽雅。季直喜居其中的介山堂，赋诗很多。又马鞍山上建岑台、我马楼，踞高处，北可见城市，南可眺望江景。又就黄泥山上卓锡庵筑虞楼，因为登楼观江，在云雾中依稀望得见隔江常熟的虞山。原来他的老师翁松禅葬于虞山的白鸽峰下，以寓系念师门之意。又在西山梅垞，用大小不一的树枝、长短各异的石片，构成云屏，更见曲折丘壑的情趣；并在那儿设一亭，题为“绣云槛”。将奎星楼斥资扩充为城南公园，且就各种碑帖集取数字，以题公园名胜，如清远楼、嘉禽堂、石林阁、水西亭等，与众同乐。

凡是独占鳌头者，无不以书法见胜。季直早年致力于欧颜褚三家，晚年致力刘石庵、何绍基，有出蓝之誉。他论书："写字最要结体端正平直，决不可怪，更不可俗。"又评"石庵折笔在字里，绍基折笔在字外。"前辈高吹万诗翁，颇喜季直书联，谓脱尽馆阁气息。我在吹万楼见所悬季直一联，署名张謇。謇字写得很长，往往使人误认为两个字。吹万笑着对我说："这个謇字，几如宝宝二字，张謇成为张宝宝了。"人以为笑谈。

杨味云摭忆

梁谿耆宿杨味云，名寿枬，光绪辛卯科举人。民国时任参议院议员。著有《云在山房诗文集》，颇著声誉。他和樊樊山交谊很厚，当樊山官江宁藩司时，赋红梅禁体诗，人呼为“红梅布政”。杨氏嘱妹令茀为绘《红梅布政图》赠给他，自题一绝云：“身是仙官蔡少霞，碧幢降节坐排衙。瑶宫别赐东皇勒，管领春风第一花。”杨氏旧藏蕉叶白端砚，上刻厉樊榭征君及月上姬人小像，四围山水树石，雕绘甚精，旁题七绝二首，署名“樊山”。杨氏以为恰与樊山老人别号巧合，便把这砚投赠樊山，但始终不知诗砚上的“樊山”，究属为谁。

他和丁暗公过从甚密，每作诗文，必互相商榷。后暗公患疾，误服药剂，以致加剧，缠绵二旬，竟致不起。遗著十余种，杨氏为之刊行。粤东沈太侔，和杨氏为神交，邮筒往还，诗文赠答。既而太侔病，以所著《便佳簃杂钞》寄杨氏，请他收入《云在山房丛书》中。太侔病卒，杨氏挽以联云：“凄恻秣陵书，可怜淡墨封题，是君绝笔；飘零桑海录，曾许汗青写定，入我丛编”。

杨氏所居，颇多名胜古迹，如乙巳在燕，居顺治门内石虎胡同，屋为明大学士周延儒宅，清乾隆间，为裘文达公赐第，杨氏居西院，即裘文达公的好春轩。院后小屋两间，封锁岁久，于晦若侍郎过访，说此屋向有妖魅，见纪晓岚《滦阳消夏录》，京师号为四凶宅之一，然杨氏居住三年，始终没有什么发现。又甲寅客山左，居布政使署，署有西园，擅水石花木之胜，有宋代垂丝海棠两株，为曾子巩手植，花时如张锦幄，缨络四垂，极烂熳可喜。杨氏筑茅亭其间，春日宴客赏花，引为乐事。

清末有五大臣载泽、戴鸿慈、徐世昌、端方、绍英出洋考察政治，吴樾掷弹不慎，自炸身亡，五大臣有戒心，考察便展期，使臣亦略有更动。杨氏为载泽参赞，随节出都，曾至日本，再由横滨登舟，渡太平洋，达美利坚。又渡大西洋，游英、法、比诸国，卒航地中海、红海，入苏伊士运河，经印度洋，历南洋新加坡各处归。著有《考察政治日记》。

当清廷预备立宪，厘订官制，特派载泽、袁世凯、端方主其事。杨氏与孙宝琦、杨杏城、周少朴、郭春榆、曹润田、汪兖甫、张仲仁、金伯平、赵仲宣、严伯玉等随同编订。袁世凯议裁都察院，杨氏力争，谓:“台谏之职，总司风宪，纠察官邪，实为汉唐以来之善制，似宜保存。”袁议才止。后来袁为总统，设肃政使，便是该制的遗意。

杨氏逝世，适年八十。自言“六十岁后，勘破名利关。七十岁后，勘破生死关”。晚年杜门谢客，庭宇萧然。每晨温《四书》或《五经》一卷，午后诵《金刚经》，余则随意浏览典籍，兴之所至，吟诗读画，非常淡泊。且撰联以明志云：“心如止水澄清，自觉胸中无妄念；事共浮云消散，始知身外尽虚名”。一子名海容，生时，他适乘海容舰赴南洋，因名之。又一子名鼎祥，生时，他适登金焦，观周鼎。夫人顾氏故世，不再续娶，以鳏终身。

关于胡朴安

胡朴安有国学大师之号，不料天不慭遗，遽尔奄忽。逝世的时期是民国三十六年七月九日清晨，享年七十岁，各报一致登载哀悼文字。文人生前，虽属清苦，死后却有这许多点缀，也足告慰于九泉了。

朴安名韫玉，字仲明，一作颂民，安徽泾县人。他虽离乡数十年，说话仍是满口的乡音，真有如贺知章所谓"少小离家老大回，乡音未改鬓毛衰"了。加之脑溢血后，舌本牵强，所以我访谒他，和他谈话，十句中只辨得五六句，其余也就含糊过去了。他住在沪西康定路的"安居"。所谓"安居"，是有来历的。因为当时三家合住在一处，一位是管际安，际安是报坛老前辈，擅昆曲，和徐凌云合著《昆剧一得》。又喜月旦梨园人物，署名义华，在评剧界是很有地位的。一位是古瀛金石书画家童大年，大年一署心安。际安、心安，和他自己署着朴安，称为安居，那真名实相符。他患脑溢血，乃民国廿八年四月二十七日，幸而他经常打太极拳，身体很结实，居然靠着医药之力，从死神手中硬挣出来。可是成了半身不遂，他便别署半边翁，所以他写信给我，有云："自旧夏患脑溢血症，幸而不死，遂成偏枯，半耕半读之胡朴安，成为半生半死之胡朴安。"他病后，蹋处三层楼上，凡四五年不下楼。我去访谒他，总是作登楼的王仲宣。他藏书很多，如佛书经论二藏，儒书经史子集四部，排架列橱，几无隙地。他总是坐在藤椅上，凭着一张半旧的西式写字台，台上也堆着许多书本，开启抽屉，满满的都是稿纸。原来他病废后，身体不便行动，那精神上的努力，反胜于从前。右手尚能写，著作很多，有《周易古史观》、《庄子章义》、《中庸新解》、《通书新解》等书。古来神秘的解释，完全给他推翻。他能把现实的事物来作证明，说得头头是道，的确是很伟大的贡献。有一次，他对我说："《易经》和《太极图说》，都是很浅显的，并没有什么奥妙，若然参透了，虽讲给小学生听，也能了解，我曾经试验过，是有成绩的。"谈毕，我告辞，他颤巍巍地要从椅子中站起来送我，我按住了他，请他不要劳动。

他病废中，整理着他祖、父、兄三世，下逮亡故的女公子沛平的作品，尤以其弟寄尘遗著为中坚，刊印《朴学斋丛书》，计二十八种，订八厚册。他自己的著述，列为一表，没有刊印在内，所列的有：《易经学》、《易序卦说》、《易大象说》、《八卦为上古纪事之符号说》、《尚书今古文说》、《诗经学》、《诗经文字学》、《诗经文章学》、《诗经音字释》、《中国文字学史》、《中国训诂学史》、《古文字学 ABC》、《六书浅说》、《文字学论丛》、《文字学研究法》、《声韵学》、《泾县方言考证》、《泾县谚语考证》、《俗语典》、《史记汉书用字考证》、《史记体例之商榷》、《上古政治史》、《中国学术史》、《皖省学者传》、《中华全国风俗志》、《荀子学说》、《墨子补注》、《墨子浅说》、《墨子学说》、《商君学说》、《庄子学说》、《庄子章义浅说》、《续周秦诸子记》、《太极图新解》、《群经政治思想》、《古书校读法》、《中国习惯法论》、《离骚补释》、《朴学斋读经记》、《朴学斋读书记》、《朴学斋书目提要》、《朴学斋文存》、《朴学斋诗存》、《朴学斋词存》、《朴学斋曲存》、《朴学斋小说存》、《朴学斋游记》、《朴学斋演讲录》、《朴学斋杂记》、《五九之我》、《包慎伯先生年谱》、《周秦诸子学略》、《周秦诸子书目》、《笔志》、《纸说》、《奇石记》、《律数说》、《读汉文记》、《历代文章论略》、《论文杂记》、《余墨》。若天假之年，多活一二十岁，更不知还有几许贡献呢。

《朴学斋丛书》，别有一种本子较大的，刊印于民国十二年，内容都是他自己的作品。他的《余墨》有一序，略云："韫玉旅居沪渎垂二十年，小楼一间，杂于廛肆之中，尘嚣之声，至夜不能清静。性喜书，不问版本美恶，遇有适用者，无论经史子集，辄节衣缩食以求之。久之，积有十余万卷，庋于楼中，除坐卧一席外，余皆置书，无转折周旋之地。

日夕披览，有上下三千年之观，纵横九万里之意，不自觉其楼之小，及廛肆之尘嚣也。自忘谫陋，所读各书，辄有著述，思附于作者之林，奋笔伸纸，不能自休。时而冥目幽思，时而高声朗诵，时而杂抽架上之书，至数十种以上，彼此互勘，寸楮尺缣，书写殆遍。虽一时感触之语，无当大雅，而性情之所寄，志愿之所趋，间有一二流露焉。乃汰其大半，得若干条，题曰《余墨》，亦过而存之之意也。”他老人家的写作生活，于此可见一斑。据我所知，这时他赁居新闸路辛家花园附近之赓庆里。记得一二八之役，我从闸北避难出来，暂躲赵眠云家，眠云也住在赓庆里中，但和朴安时间先后不同罢了。

他的著述，除上列表目外，尚有《归舟脞录》、《明史拾遗》、《儒家修养法》、《混沌国》、《唐代文学》、《南社诗话》。《诗话》是我请他写的，按期在《永安月刊》上发表，凡留意南社掌故的都很欢迎。不料有一次，由邮寄稿，忽付洪乔。他写稿是不留底的，这一下，却大大地扫了他的兴。《南社诗话》，也就不了而了。后来我请他别写它稿，他说：“尚有许多游记，从未发表过，可给《月刊》揭载。但有一条件，就是游记都有照相，必须铸成铜版图，配入其中，才有趣味。”奈这时物资缺乏，铸铜版很困难，因循未曾实行，也是很可惜的。此外又有《病废闭门记》，登在《大众》杂志上，约登了七八万言，《大众》停刊，余稿很多，都存留在《大众》主持人钱芥尘处，朴安逝世，芥尘曾声明：如出版界愿将《病废闭门记》刊印单行本的，他便把全稿无条件奉让，俾广流传，以慰死者。可是排印工太昂贵，没有人接受。又《六十年以前的我》，载于《小说月报》，《月报》不久又停刊，这篇文章，复半途辍止。他在该文中提到他的生日："生于民国纪元前三十四年十月八日，为清光绪四年戊寅，即一八七八年。"他又自己报告经历："做过三家村蒙馆教书先生，做过芜湖万春圩种田的农夫，做过上海某纱厂、面粉厂会计，做过中国公学、南方大学、国民大学、上海大学、大夏大学、复旦大学、东吴大学、暨南大学、持志大学、正风学院教授，做过《国粹学报》撰述及编辑，做过《民立报》、《民权报》、《太平洋报》、《中华民报》、《民国日报》、《民报》记者，做过福建省公署科长，做过沪宁、沪杭甬铁路科长，做过交通部秘书，做过考试院委员，做过江苏省政府委员兼民政厅厅长。"最值得令人钦佩的，他做官一些没有官架子、恶习气，不用私人，拒绝请托，自奉很俭，青鞋布袜，一尘不染。

他生平最伤心的有两件事，一是他的弟弟寄尘的下世，他做了几首哭弟诗，从此常彻夜无眠，披衣起坐，即偶然入睡，亦梦魂颠倒。一是他的女公子沛平的夭折。沛平嫁给许家，即许世英的儿子。她善画，著有《南香画语》。一自沛平逝世，他念念不忘，把她遗墨，常置案头，且广征同文题咏，居然采及葑菲，我也胡诌了两绝写给他。

他自病废后，听丁仲祐老人的劝诫，终岁茹素。抗日战争胜利后，他为《民国日报》社长。有时支持着病体，雇车到报社里去。到了中午，他就在报社里进膳，如果没有相当的素菜，便叫馆役向水果铺买几只香蕉，吃了代替一顿饭。

这是我和他最后的一次见面吧！记得是丙戌暮春时节，我有一单行本《人物品藻录》出版，特地送他一册，请他指谬，顺便和他谈谈。他问起排印工和纸张的价目，我告诉了他，他觉得实在太贵了，说："如果便宜些，我尚有许多作品，打算排印问世。"岂知等不到物价低廉，他已一瞑不视了，七月十日，在中国殡仪馆大殓，门生故旧，都为之泫然下涕。

忆戈公振

戈公振是报界很著声誉的老前辈，名绍发，字春霆，江苏东台人。生于一八九〇年十一月二十七日。一九一二年，即供职《东台日报》，为桑梓服务。翌年来上海，狄平子赏识他，请他担任《时报》编辑，直至黄伯惠接办《时报》，他仍蝉联着。伯惠喜摄影，把影片印成画刊，随报赠送，增加了《时报》的销数，这个工作，就是公振负责的。照片多，画刊一时用不了，往往搁置着。恰巧这时钱芥尘接办《上海画报》，需要大量的照片，芥尘和公振相熟，便和公振相商，借刊一些多余的照片，不料伯惠知道了，大不以为然，公振因之拂袖离去。

公振著有《新闻学撮要》，梁任公为作序。继之在国民大学讲授新闻学，并组织上海报学社编著《中国报学史》一大册，由商务印书馆出版。该书分六章，一、绪论；二、官报独占时期；三、外报开始时期；四、民报勃兴时期；五、民国成立以后；六、报界之现状。附有许多图片，如报人胡政之、梁任公、于右任、汪穰卿、狄平子、章太炎、陈景韩、黄远生等，今已不易看到。他对于黄远生极端推崇，谓“其理解力及文字之组织力，实有过人处，盖报界之奇才也”。公振熟悉《时报》，所以谈《时报》亦特详。又复谈及筹安会时期，有面目全非的伪造《时报》，有云：“项城在京中取阅上海各报，皆由梁士诒、袁乃宽辈先行过目，凡载有反对帝制文电，皆易以拥戴字样，重制一版，每日如是，然后始进呈，项城不知也。一日，赵尔巽来谒，项城方在居仁堂楼上阅报，命侍卫延之入。寒暄毕，赵于无意中随手取《时报》一纸阅之，眉宇不觉流露一种惊讶之状，项城奇之，询其故，赵曰：‘此报与吾家送阅者截然不同，然此固明明为上海《时报》也，故以为异。’项城乃命人往赵家持报来，阅竟，大震怒，立传乃宽至，严词诘之，乃宽瞠目结舌，觳觫不能对。”这出丑角戏，多么可笑。

我由钱化佛介绍，认识公振其人，他颀然身长，目御眼镜，容蔼然可亲。此后他赴德、法、意、奥、捷克斯洛伐克、苏联等国考察返国，我又和化佛在黄浦码头欢迎他，握手言欢，这印象迄今犹留脑幕。他于一九三五年十月二十二日逝世上海，患的是盲肠炎转为腹膜炎，享年四十四岁。

公振生前有一隐痛事，他早年在上海，有一次无意中遇到一个漂泊无依的女子，其人虽服御朴素，然不掩其姿色。问她身世，才知她父母逝世，依赖叔父为生，叔父又失业，困窘不堪，言时，珠泪夺眶而出。公振动了恻隐之心，安慰了她一番。探女意，颇欲读书以图日后自立。公振认为她有志向上，力斥资为谋入学，她奋发攻读，成绩很好。每逢星期日，公振总是和她逛逛公园，吃吃小馆子，很相契合。直至该女大学毕业，公振喜其学业之有成，乃谋婚事之履约。不料她忽地变其面目，说："地位有今昔之不同，请勿见扰。"公振听了，有如晴天之闻疾雷，为之震噤了半天。从此和该女断绝，对于婚姻有了寒心，终身不娶以为誓。

恽铁樵奖掖后进

最近读了汤志钧编写的《章太炎年谱长编》，书中有那么一段："一九三五年七月二十六日，著名中医恽铁樵逝世。章氏与恽时相过从，讨论医案，闻恽去世，甚感哀恸，挽以联曰：'千金方不是奇书，更起沧溟求启秘；五石散竟成末疾，尚怜甲乙未编经'。"按恽铁樵，名树珏，一署焦木，又号冷风、黄山民，江苏常州人。常州文风素盛，为阳湖派古文的发祥地。当时恽子居主持坛坫，和桐城派的刘大櫆、姚姬传相对垒，那风气流衍，直至清末民初，犹未消歇。恽铁樵便是子居的后人，长于古文辞，撰小说大讲法度，人们戏称他为"大说"，他却付诸一笑。当时上海商务印书馆于清季创办《小说月报》，最初为王蕴章主编，蕴章走了之后，便由庄百俞介绍铁樵主持笔政。他这时三十五岁，精力充沛，治事勤谨，甄选严格。一九一三年，《小说月报》第四卷第一号，刊载周逴所作《怀旧》一篇，乃鲁迅的处女作，铁樵大为欣赏，逐段为作小评，如云："一句一转"。"接笔不测，从庄子得来"。"用笔之活，可作金针度人"。"转变处俱见笔力”。“写得活现，真绘声绘影”。“余波照映，前文不可少”。篇末云：“曾见青年才解握管，便讲词章，卒致满纸饾饤，无有是处，亟宜以此等文字药之。”下有“焦木附志”四字。程瞻庐的弹词《蔡蕙》，共六回，投寄《小说月报》，恽氏审阅之余，即付手民，先后致瞻庐二札，当时我曾录存。其一云：“弟读大著小说甚多，总不如此次弹词足以令我心折。昔家南田先生见王石谷山水，叹云：‘吾不为第二手’，自有尊著弹词，虽有善者继起，亦恐不免为第二手矣。选材道学而不腐，修词明爽而深稳，尤妙在曲折如志，应有尽有，信乎一时无两，佩服佩服。”其二云：“尊著弹词，已印入《小说月报》中，复校一过，不胜佩服。觉前次奉赠四十元，实太菲薄。如此佳稿，无论若何金融恐慌，亦须略酬著者劳苦。兹特补上《蔡蕙》篇润十四元，即希察收。前此愦愦，因省费之故，竟将大文抑价，实未允当，心殊悔之，公当能谅其区区，勿加以僇笑也。”瞻庐经恽氏赏识，续写了《同心栀》、《哀梨记》、《明月珠》数种，都由商务刊行单本。吴泰昌的《文苑随笔》有一段谈到恽氏：“他对来稿处理认真，对青年投稿者也热情。”叶圣陶说：“恽铁樵喜欢古文，有鉴赏眼光。”他最初向《小说月报》投稿，也得到恽的鼓励。叶老记得恽铁樵为他的一篇小说，复了他一封长信。可见他老人家对于写作者所化的劳动，是非常重视的，足为编辑的楷模。民九年夏，他辞退了商务，研究岐黄之道，罕写小说。其时上海世界书局出版一种旬刊，取名《快活》，编者一再登门请求他撰稿，他觉得对方很诚恳，就费了些时间，写成了一篇较为惬意的作品《妃坡小传》，不料编者为求通俗计，把他篇名擅改为《快活大王》，一经出版，他见了，大不以为然，但木已成舟，没有办法，便宣言从此不再为刊物撰小说。

恽氏治医学是有原因的，他的子女患病，有被庸医所误，致丧生命，他便发奋学医，经过若干年，深窥医道秘奥。章巨膺初助他编辑《月报》，至是又从他读医书，此后恽氏在云南路会乐里悬壶应诊，慎重处方，对症发药，辄有奇效。巨膺随侍左右，后亦为海上名医。恽氏听觉失聪，往往用一扬声筒和病家对话，人们把张云骧比拟他，原来云骧善治伤寒症，有“张聋聱”之称哩。

他生平有三嗜好：一读书、二下棋、三雀戏，实则以读书为主，其他作为消遣而已。他居毗陵时，又喜与人作诗钟之会，某次题为湘夫人、杏花分咏，所作均不出色，他立成二句：“千秋湖上黄陵庙，二月江南红雨村”，同座为之叹服。他很风趣，见前人咏梅花句：“三尺短墙微有月，一湾流水寂无声”，他笑着说：诗虽好，奈如写了 幅偷儿行乐图卷。他的生平著作，除医书外，有《药庵随笔》、《聊斋志异演义》，以及短篇小说《烹鹰》、《爰筏》、《动物院》、《五十年》、《温斯冬》、《村老妪》、《催眠杰》、《鞠有黄花》、《情魔小影》、《血花一幕》、《七十五里》、《出山泉水》、《冰洋双鲤》，《露西旅客》、《洞庭客话》等，惜没有汇刊成书。他对于梁溪钱基博（子泉），有一事颇感歉仄。原来他编《月报》时，刊载林琴南的小说和笔记，同时又征得钱基博的《技击余闻》，在《月报》上连续刊载。某读者力誉钱氏笔墨劲峭苍古，在林琴南之上。不意这个消息，被林氏闻知，大不高兴，即致书商务编辑部，谓："此后愿让贤路，不再贡拙。"商务当局以林译小说博得社会欢迎，今既两贤相厄，衡量轻重，只得慰藉林氏，而对钱则加以宕塞。此举恽氏大为不平，其正义感亦为常人所莫及。

“文坛怪物”张丹斧

谈起张丹斧，几乎众口一辞的加他一个徽号“文坛怪物”，在笔端提到他，脑幕中兀是浮现着胖胖的躯干，穿着青布袍子，外加着一件背心，头戴罗宋帽，白发飘疏，容颜却很红润，手里摩挲着古泉汉玉，口头禅常有什么“奇谈”、“好东西”的印象来。我认识他很早，是同社范君博介绍的。他是江苏仪征人，仪征有个家，上海也有个家，又慕苏州的水木清嘉，人文秀美，更在苏州城内东府卫巷赁屋而居，人们称他狡兔三窟。他名扆，又名延礼，字丹斧，晚年自号后乐笑翁，又无厄道人。在报刊撰作，常署丹翁，有人把丹翁译为白话：“通红的老头子”。更有促狭的人说：丹者赤也，翁者老也，那么丹翁不如直捷痛快地改为“赤老”吧！在苏沪人士的口吻，“赤老”是“鬼”的别称，他听了付诸一笑。有时竟自署“赤老”，大有郭橐驼名我固当之概。那时无锡有位吴观蠡，主持《锡报》，笔调也很锋利尖刻，有“无锡张丹斧”之号。他知道了，就自称“上海吴观蠡”，有时简称“海蠡”，吴观蠡撰文，也就简称“锡丹”，相映成趣。

他生平著作虽多，但什九为游戏文章和打油诗，大都含有时间性，过后便成明日黄花，所以从没有汇刊成集。他的单行本，只有《拆白党》小说一种，由国学书室出版，现早绝版了。同时国学书室刊印沈泊尘所绘《新新百美图》，由丹翁题诗。又《大共和日报》随报附送有光纸画报一张，陈抱一所绘风景画，也由丹斧题诗。

丹斧玩世不恭，笔墨以游戏三昧出之，其实他正正规规所作的诗词，很具功力。范君博生平最倾佩他，处处向他学习，比从师还要唯恭唯敬，所以他有两句诗："可怜范君博，学我到如今。"君博录了他的诗词成册，共一二百首，拟代刊集子，可是未成事实。就我所记得的，如《吴下》云："吴下樱桃熟，阊门柳絮飞。青山澹将夕，流水去无归。鱼乱花时桨，月衔桥下扉。流连莫惆怅，万一赏心违。"《市楼听歌步鹦哥韵》云："不为听歌懒上楼，疏衫纨扇又经秋。月明何处无佳夜，兴到移时逐俊游。曲里鹧鸪传本事，眼中鹦鹉碍前头。风怀早堕陈隋世，岂待言愁始欲愁。"（按范君博有《小明月龛诗》，尤以《鹦哥》一首传诵人口，称之为范鹦哥）又《喜范鹦哥见访》云："江南喜见范鹦哥，浊世翩翩奈汝何。惆恨平生负三绝，诗书画外病愁多。"又为我写一册页，录其旧作《闻蟋蟀感赋》云："夜雨鸣廊总未真，卷帘月色淡如银。故台倾后斗鸡老，桐叶衰时白雁新。在野传灯谁所帅，入宫劝织已无人。四方尽在秋声里，多少含情不寐身。”又《断句》云：“安得蜀地锦，裹此苏州城。”又：“诗句传于题扇后，病怀禁到上楼前。”词有《水龙吟·咏荷叶粥》云：“昨宵风露无多，炊香未许些些散。石床梦醒，玉瓯擎出，绿波谁染。雪藕丝长，采莲心苦，加餐须劝。似青精饭熟，仙乡滋味，元不藉，糖霜点。只怕凉云乍展，戏东西游鱼应怨。食单添录，焚琴风景，也还不管。翠盖裁衣，碧筒载酒，嫩凉庭院。向吟朋自诧，分将秋意，贮诗肠满。”格高韵远，且深得神理，比诸美成，毋多让哩。

老伶工孙菊仙，生平不拍照，不意丹斧却和孙伶工具同一的怪脾气。有一次，游法国公园（即今复兴公园），那摄影家黄梅生乘他不备，偷偷地摄了一帧，铸版印在《上海画报》上，丹斧见了大窘，然已遍传万纸了。

他和洹上袁寒云，都有金石骨董癖，时常把所有的互相交换。寒云于民国二十年捐馆，丹斧曾有《哭寒云》一文，提及骨董互易事，略云：“溯订交之初，实为交易古董。其间尤以古泉钵印等互市，妙闻雅韵，层出不穷，每令局外好事，争睹流涎；同嗜鉴赏，兴妒失色。甚或来无谓之笑骂，施怀疑之中伤，殊不知过眼云烟，人琴已杳，充其影响，但为报端留 不灭之鸿爪，俾今后赏音，赞羡丁无穷而已。初寒云以徐寿辉天启折三钱捺印信笺上，钱在大雄（余谷民号大雄）处，是则足资纪念故人者。三代玉玺数纽，方系衣带间而日夕摩挲也。”

丹斧喜蓄古泉，因将朋好所藏的古泉，借来一一拓印，加以说明。如李荫轩所藏的，龙凤通宝折二、淳祐通宝当百。方地山所藏的风流小打、半两四出文，大丹重宝，天成元宝，咸平元宝。袁寒云所藏的天兴宝会、白选。黄叶翁所藏的下蔡四朱，文信泉、大朝通宝等，排日印载《晶报》，引起藏泉家的兴趣。

他喜欢和人开笔战，有一次，和寒云在《晶报》上大闹一场。主要为了汉熹平元年朱书一瓶，双方各不相让，寒云写了篇《山塘坠李记》，骂丹斧，丹斧写了篇《韩狗传》，回骂寒云，彼此感情破裂。数月之后，气忿平息，丹斧以汉赵飞燕玉环和寒云交换古物，始克言归于好。丹斧有时且挑拨人家开笔战，他老人家却处于第三者地位作壁上观。这时《晶报》上很多评剧家的剧稿，丹斧就怂恿汪仲贤（新剧演员，艺名汪优游）化名“戏子”，写了一篇《敬告评剧家》，把评剧家贬得很低。评剧家不服气，群起进攻，可是“戏子”笔极犀利，大有一以当百之概。那姚民哀（江苏常熟人，名肖尧，曾隶南社，善著党会小说）平时也喜评剧，和评剧家很多往还，大为不平，写了一篇《痛斥戏子》。“戏子”回击，把说书者历来犯案吃官司的，列成一表，披露报端，以辱民哀。因民哀操柳敬亭技，在书坛上唱《西厢记》的朱兰庵便是他。民哀更怒气填膺，搜考伶人犯案坐牢逐出租界者，也列成一表，藉以报复，并在文字中毁诋及于梨园祖师。伶界方面，大动公愤，声言要抓住民哀，痛打一顿。民哀大惧，结果由双方都相熟的孙玉声（别署海上漱石生，著有《海上繁华梦》，曾办过戏院）出来调解，民哀在梨园公所点香烛，向祖师请罪才罢。

丹斧担任《晶报》撰述，有十多年历史，和袁寒云、包天笑、孙臞蝯、李涵秋，称为“五毒”。寒云为虎，天笑为蜘蛛，臞蝯为蜈蚣，涵秋为癞虾蟆，丹斧为蛇。丹斧有时撰稿，竟署名张蛇。

丹斧擅书，很有功力，可是脾气很怪。有一次，某官吏遣人送他很巨的润笔，请他写一楹帖，他拒绝不写。但他写兴很高，挥毫写一七言联，送给对门成衣铺。陈定山很倾佩他，誉之为“神似瘦金”，丹斧即以所临兰亭褉帖寄给定山，附柬有云：“此书真离纸三分，入木一寸，不知登善（褚遂良）能胜过几许？遑论瘦金！”又云：“近日书札大忙，真似一身虮虱都是债。”定山戏为《无厄道人写字歌》寄之。略云：“丹翁佳札世无两，细笔悬沙画花样。忽然崛起走龙蛇，山鬼抱愁神匿藏。青藜夜光不可灭，秘之石室焰一丈。狂僧草圣坐对哭，张迁黑女不敢当。”歌长，不全录了。丹斧有时为人绘画，什么松、梅，信笔乱涂，不讲章法，可是没有一些俗气。他钤印很特别，印文为佉卢文字。

民初，他主编《大共和日报》，登载了朱天目的小说：《情海归槎记》，被租界当局控为有关风化，丹斧到法庭，代人受过为被传者。法官却深慕他的大名，传询毕，和他谈古今稗史。丹斧大得意，认为自有法庭以来所未有。他又为《上海画报》每期写一打油诗，也连续数年。我编《联益之友》，也请他每期写一篇，他也诙谐为之，信手拈来，都成妙谛。主办人陆企豪，把原稿积起来，装裱成册。他住居沪西八仙桥首安里，我一次邮寄一东西给他，可是门牌号数记不起来，便在门牌号数下打一问号，他作复，以表明东西收到了，也是一首打油诗："首安里，是某号，大书居然寄得到。郑司农，呱呱叫！"

林屋山人步章五，知乐曲，广收坤伶为弟子，计有一百余人之多，莺莺燕燕，很为热闹。丹斧颇为欣羡，便由林屋介绍，女弟子也有若干人。我常到他寓舍去聊天，往往看到一班坤伶在他那里闹着玩。有一次，友人顾明道出版一说部，托我代求丹斧写一封面题签，当时丹斧一挥而就。写罢，却对我说："我的女弟子能作簪花格，也可写一张。"我欣然请她执笔，女弟子羞羞作态不肯写，丹斧便把女弟一把抓来，说："师命不可违，一定要写！"结果写了一纸，字迹很秀媚，明道把它作为扉页。原来丹斧教她们写字，已有相当成绩了。

丹斧曾任《神州日报》编辑，编辑室地位很窄隘。夏天，在那儿挥汗执笔，加之赵盾逼人，甚为难受。他就写了一篇：《大阳晒屁股赋》，揭载在报上，读者无不为之噱噱。

他和吴中朱竹坪很莫逆。竹坪善治印，丹斧常在报端捧他，称为“朱高士”。又和俞逸芬为忘年交，称逸芬为“逸少”，所以“高士”、“逸少”经他品题，真所谓“一登龙门，声价十倍”了。

遗少刘公鲁，他是贵池刘聚卿的儿子。喜过赵李家，昵一校书，面貌和公鲁有虎贲中郎之似。丹斧探得了，便设法取得了两人的照片，一同铸版，并登在《晶报》上，一帧下注：“刘公鲁”，另一帧注为“刘母鲁”，成为文坛笑料。

丹斧发白容腴，侪辈称之为“白发红颜”。可是我在抗战时曾见过他，已瘦瘁变了样子，未几，他就故世。据说是在弹烟匝地，烽火连天中受惊而死。他的儿子，供职邮政局，现在不知怎样，所有文物遗稿，也不知流落何处了。

周瘦鹃生平四件得意事

周瘦鹃早年是位小说家，晚年是位园艺家。他幼孤，赖母亲针黹收入，得以就读上海民立中学。他很聪颖，为文深得孙今僧老师的称赏。既而从事写作，前辈包天笑奖掖有加，在杂志报章上发表了许多小说及笔记，并列籍南社。一九二〇年，应《申报》馆之聘，编辑附刊《自由谈》，继编《春秋》，又兼大东书局编辑，呕心绞脑，一清早忙到晚上，没有暇晷。他对于尘嚣甚上的生活实在厌倦了，回到了苏州。原来他祖籍吴门，无非叶落归根而已。可是为了生计，苏沪奔走，依旧不得闲暇。

解放了，他才得透了一口气安静下来，以平素爱好的园艺为生涯，盆栽盆景，凡数百计。他每晨必亲自搬运灌溉，引为至乐，说是借此锻炼身体，不在气功太极拳之下。他家中的爱莲堂，很为宽畅，朱鱼绿龟，瓶花架石，以及书画古玩，布置得相当雅致。坐在堂中望出去，碧丛丛，浓簇簇的都是树木，什么名花异草都有，他自己榜为紫兰小筑，但人们都称之为周家花园。

某年,《人民画报》记者,特地到他家摄影,用彩色版刊印在《画报》上,更觉引人入胜。他的菊花盆供是名闻遐迩的,人民美术出版社为它印出了彩色画片十六帧,有翠叶紫茎,有红英黄蕊,有珉枝金萼,有琼质冰姿,或悬崖,或玉立,或傍茁,或歧生,或伴以文石,或配以瓜果,菲菲芳芳,英英艳艳,对之悦目赏心,令人不忍离去。

苏州园林,甲于东南,如留园、怡园、网师园、拙政园、沧浪亭、狮子林等,尤有悠久历史。但若干年来,圮败不堪,解放后,由于政府重视,大事修葺,便请瘦鹃规画设计,那儿堂庑周环,那儿曲房连比,那儿嘉树映牖,那儿芳杜绕阶,不但恢复旧观,且又增华益胜,厥功是很足称述的。

他的写作,除小说外,出版了好多种,如《花花草草》、《花道琐记》、《花前续记》、《花前新记》、《盆景趣味》、《园艺杂谈》、《花弄影》,及记游踪的《行云集》等。当他七十高龄,精神仍很矍铄,他是星社一分子,社友为他祝寿,蘐照主人沈禹钟做了一首七律诗赠他:“意兴词华老更新,从容为国走蒲轮。文坛跌宕才无敌,稗史流传世共珍。山水柳州都入记,林泉摩诘早收身。生涯烂熳东风里,扶起花间十万春。”他获得后欣喜得很,立即写信道谢。好得彼此交谊深厚,也就老实不客气,请禹钟再做一首古风,并提出要求,须把他生平四件得意事叙述进去。第一件,他在国内为翻译高尔基作品的创始者,得到了鲁迅的表扬。第二件，他赴北京开会，毛泽东主席单独晤叙。第三件，周恩来总理和邓颖超夫人游苏，亲临他的家园。第四件，朱德委员长不但到他家，还赠给他一盆名兰。禹钟果真把它一一写入诗里，古茂浑朴，都数百言，称为《四快歌》，这首歌不久即传诵吴中。奈好事不常，“文革”中四凶肆暴，瘦鹃被迫自沉于井，真非始料所及。

陆士谔行医趣闻

清代末期，松江青浦有两大名医，一位是唐顺斋，一位是陈莲舫。陈莲舫曾应召入京为载湉治病，成为御医，声名很大。唐顺斋足不出乡里，较少人知道，可是唐有个学生陆士谔，是位小说家，也是一位医学家，大有出蓝之誉。

陆士谔初在家乡青浦行医，生意清淡，真是门可罗雀。他没有事做，就阅览小说，以遣永日。不料齐燮元和卢永祥两军阀内哄，青浦遭到蹂躏，把他的家室毁掉了。他仓惶出走，到了上海，一无亲友可依，便住在小客栈中，购了许多小说，日间背负了书箧各处跑，租书给人家看，博取租金，约期更换，非常殷勤，人家很欢迎他。到了晚上，他就在小客栈里自己阅读，一方面且钻研写作。他头脑灵敏，中文本来有些基础，试写了几篇短作，投给各报各杂志，居然采登，获得稿费。这样一来，他劲头大了，就写长篇历史性的小说，也有书局接受，为他出版，因此认识了世界书局的经理沈知方，以及著《海上繁华梦》的孙玉声。孙玉声这时在福州路麦家圈口开设上海图书馆，知道士谔学过医，就劝他一方面写小说，一方面行医，且允许他在上海图书馆设一诊所。可是悬壶多时，没有病家请教。他认为此道行不通，预备把诊所撤消。这事被沈知方知道了，说："要有生意，必先登报宣传，你化了广告费，一定有收获。"可是登了三天，仍旧没有生意。原来是登在分类广告栏，很不醒目。沈笑着说："登广告不登则已，要登非登第一版报头旁直行不可。"陆说："直行广告，费用增加若干倍，我实在负担不起！"沈说："你把广告稿交给我，我来代你登，如果登了没有生意，这广告费由我负担。"隔了一天，果真直行广告出来了。陆士谔在诊所守候着病家的光临，到了下半天，居然有一操粤语的男子来请他出诊，如例付了四元出诊费，说是："我的老婆发疯，中西医束手无策，请你去诊断一下。"陆喜出望外，立即随之而去。一经诊断，觉得这种病，非下一帖较猛烈的药剂不可，这帖药如果对症，可以立起沉疴，如果误投，那就有生命危险。这时他顾不得许多，大着胆，处了一个药方，回到诊所，兀是忐忑不安，深恐一帖药服下去，出了乱子。

这天晚上，他将所得的诊金四元，邀了馆中诸伙友到附近菜馆去大嚼一顿，发发利市。正在饮啖间，忽馆中学徒赶来说："日间来请诊的粤人又来找你。"他大吃一惊，表面上姑作镇静，问："来人神色怎样？"回答说："很正常。"他才安了心，命学徒对来人说："陆医生晚饭后就来。"饭后到了那家，得知病人服了药。旁的没有什么，可是下了相当的血。他说："这不要紧，进些冷粥下去，血便能停止。"病家又送了四元诊金，他袖之而归。到了明天，那粤人又来了，看到陆就长揖道谢说："今天病人不但止血，而且神智已清，希望屈驾再去一诊。"这样诊治了多次，病竟霍然而愈。从此那位粤人在亲友同乡间宣传介绍，于是一传十，十传百，陆大有应接不暇之势。

他的诊务扩展后，便在汕头路口赁了三幢三下的屋子，作为医寓。这时施济群办《金钢钻报》，他每天在报上写《诊余小闲话》，大谈医理。先后又写了《医学南针》、《陆评王氏医案》、《陆评温病条辨》。又主编《基本医书集成》，大家一致认他为"稗史风人，医经济世"的双重人才。惜于一九四四年逝世，寿仅六十有八。

张伯驹的《续洪宪纪事诗补注》

张伯驹是张镇芳的儿子，他家和袁世凯有戚谊。在袁世凯总督直隶时代，镇芳参与帷幕，故其荣达，都由袁一手所造成。辛亥革命之际，他代理直隶总督，继任河南都督，提出“豫人治豫”的口号，用以巩固他的地位和势力。民国三年，作参政院议员，洪宪这出丑剧，他也是剧中人之一。可是儿子伯驹看在眼里，是很不以乃翁为然的。伯驹和袁世凯第二子袁寒云为表弟兄，却很相得，因寒云有讽劝父亲不要做皇帝的诗：“剧怜高处多风雨，莫到琼楼最上层”，二人同一志趣。寒云逝世，他很痛悼，拟搜罗寒云遗作，刊为专集，寒云晚年流寓沪上，其作品散见沪上出版的各刊物。伯驹知道我收藏这类刊物较多，便托我助之搜采。当时我较闲暇，为其效劳，成绩很不差。

我录存的寒云作品有：《新华私乘》、《辛丙秘苑》、《三十年闻见行录》、《雀谱》、《叶子新书》、《罼斋随笔》、《日下春尘》、《流水音记》、《龟庵杂诗》、《儒林余屑》等，可是这个专集，始终没有印出来，仅油印了一册《洹上词》，和他自己的《丛碧词》，成为姊妹编而已。

谈到《洪宪纪事诗》，最初出于南社耆宿刘成禺之手。他是史学家，又是诗人，他把史和诗结合起来，约三百篇，章太炎为序，孙中山作跋，收入《禺生四唱》中。所谓《禺生四唱》，即以《洪宪纪事诗》为首唱，配以《广州杂咏》、《金陵今咏》、《论板本绝句》。但所谓《四唱》仅有二唱，最后的《金陵今咏》、《论板本绝句》，有目无书。我所购得的仿宋铅字本，线装、扉页上且有成禺亲笔识语，尤为珍贵。《纪事诗》为白文，没有注释，很难索解。此后禺生把在《逸经》半月刊上陆续发表的《洪宪纪事诗本事簿注》，汇刊为单行本，无奈抗战时期，物力维艰，用土纸印，字迹模糊，很不醒目。

实则成禺对于洪宪一段事迹，无非凭着报纸所载及道听途说，凑掇而成，远不及张伯驹的目睹亲闻，较为确实。若以"杜陵诗史"为比，那么这《诗史》在伯驹不在成禺了。伯驹这部书，名：《续洪宪纪事诗补注》，凡一百零三首，注释之详，尤属后来居上。我友吴德铎早向伯驹索得原稿，配合成禺的二种，加以整辑，刊成《洪宪纪事诗三种》以问世，这真是一件大好事。

伯驹喜蓄砚，所藏很多佳品，他最得意认为生平唯一巧遇的，那是柳如是的蘼芜砚，钱牧斋的玉凤朱砚，各有人藏，而旦夕之间，均归了他，成为丛碧斋头长物。事情是这样的，他和清宗室溥雪斋往还很密，某晚，他访溥闲谈，溥适得柳如是的蘼芜砚，质极细腻，镌有云纹，有四眼，作星月状，砚背为篆书铭文，下隶书款“蘼芜”，右上角镌：“冻井山房珍藏”，下侧为“美人之贻”四字。又有“河东君遗砚”、“水岩名品罗振玉审定”，都属隶书。匣为花梨木原装，古泽有光。伯驹看到，爱不释手，便商诸溥氏，愿加值请让，溥毅然见允，当夜携归，摩挲竟夕。次晨，有琉璃厂商出一砚求售，视之乃钱牧斋的玉凤朱砚，砚为玉质，雕作凤形，亦有篆书铭文，款“牧斋老人”、下刻阴文“谦益”，明代紫檀木原装匣，伯驹即如值留下，并出蘼芜砚配对，商深悔索值之廉。夫妇砚合璧，是真难能可贵了。

伯驹擅绘事，其夫人潘素的花卉，也名盛艺苑。夫妇俩合作的直幅，迄今犹存，可是伯驹已不在了。他的《春游琐谈》六集，乃油印本，我尚保存。当时撰写者，均列名末页，以年龄为序，年龄高的，如卢慎之九十岁，陈云诰八十九岁，叶恭绰八十二岁，我也厕列其间，时年七十二岁。年龄较轻的周汝昌四十七岁，张牧石三十七岁，胡蘋秋三十六岁。距今已隔三十年左右，健存者已不多了。

伯驹熟悉京剧，能袍笏登场，演来声情并茂。他和袁寒云为表兄弟，伯驹为寒云印《洹上词》一册。蒙见贻，他在书眉亲笔加着附识，述及他和寒云一同演剧事，如云：“某岁，寒云与余演戏于开明戏院，寒云与王凤卿、少卿父子，演《审头刺汤》，寒云饰汤勤。余演《战宛城》，饰张绣，红豆馆主溥侗饰曹操，九阵风饰婶娘，钱宝森饰典韦，许德义饰许褚。散场已夜二时余，寒云与余去曲院饮，夜雪，寒云作书，右挥毫，左持盏，赋词记之，余和之云：‘银烛垂消，金钗欲醉，荒鸡散动还无睡，梦回珠幔漏初沉，夜寒定有人相忆。酒后情肠，眼前风味，将离别，更嫌憔悴，玉街归去暗无人，飘摇密雪如花坠。’四时余，余始冒雪归家。”可见当时兴致之高。数年前，上海张文涓女演员，特地乘车赴北京，拜伯驹为师。一九七四年，伯驹缅怀往事，撰《红毹纪梦诗注》，洋洋若干万言，由香港中华书局出版，为梨园极珍贵之史料。吴小如更有《读红毹纪梦诗注随笔》，小如对于戏剧，也很熟悉，说来似数家珍。以后，如重印该书，这《随笔》大可附在书后，那就相得益彰了。

柳诒徵妙语讽世

前辈柳诒徵，瘦瘦的脸，鬑鬑的须，戴着眼镜，这印象给我很深。我很早就深慕他老人家的大名，可是没有拜访的机会。直至抗战胜利，他由兴化辗转来沪，寄寓中山公园对面的公家屋子。高吹万先生和柳老为旧交，一日，吹万往访，我才得追随吹万的杖履，一谒芝仪，获领教益，引为生平快事。这时为榴红艾绿的初夏，他室中设一桌子，上面堆满了书册文具，靠后为一凉榻，张着葛帐，原来这儿，和园林接近，池蕖隰草，滋生蚊虫，晚间非有帐子不得安睡。柳老手拂葵扇，边拂边谈，和蔼可亲，一点没有大名士的架子。他治学是多方面的，这时他正在研究刺花，这刺花见诸《左传》，所谓“断发文身”，是具有历史性的习俗，可是从没有这方面的专书，柳老颇思写一《刺花考》来填补这个空白。承他不耻下问，并托我留意前人笔记中，如有涉及刺花的，随时录写给他，藉以充实资料。既而谈风展开，谈及有些青年，认为什么都是西洋的好。鄙弃国学，有似敝屣。有一次，一自诩为新学者，偏激地对柳老说：“线装书陈腐不堪，对新社会简直一些没有用处，不如付诸一炬。”柳老对他一笑说：“你这样的提倡，我也非常赞同，但我有一建议，这行动不做则已，要做须做得彻底，否则这儿焚毁，他处没有焚毁，还是起不了大作用，务使全国一致，把所有的通通烧光；且这样还不妥善，因为我国所藏的书，都焚毁掉了，世界各国的图书馆，尚有很多的线装书珍藏着，最好动员他们也如法泡制，否则外国尚有很多汉学家，孳孳矻矻地钻研汉学，倘使他们来华，在经史子集上提出问题，和我们商讨，那么我们瞠目不知所对，这未免贻笑国际，太难为情了。”说得那自诩是新学者，面红耳赤而去。

承柳老不弃，和我一见如故，且经常通讯。此后，他所寓的屋子，被公家收回，他没有办法，只得迁让。但这时屋子异常紧张，哪里能找适当的寓所，不得已，降格以求，赁居一个统厢房。他家人很多，我所认识的，便有他的哲嗣柳杞生，他的文孙柳曾符等，共有十一人。他写了一横幅“吉人天相”，张诸壁间。“吉人天相”，这四个字见诸《元曲》，原意是对受过灾厄，幸而平安的颂庆。柳老无端用这四个字作横幅，似乎有些不伦不类，我请问柳老命意所在？他说：“这四个字，对我所处环境，非常贴切，不是泛语。且望文生义，‘吉人天相’，不是十一口人在一个大厢房吗！‘相’为‘厢’的简写。”我听了为之大笑。

清光绪戊申（一九〇八年），他受李梅庵之聘，为梅庵主持的南京两江师范授课，这时两江总督端方，派幕友梁鼎芬，至各校视察，梁鼎芬遣左孝同其人听柳老的课。他听后回报说："巡察各校，在施教上，以柳诒徵为最突出，但所听的课，讲的是《元史》，我对于《元史》有欠涉猎，说不出其所以，总觉得他讲得头头是道罢了。"梁鼎芬固擅书法，便写了一个纨扇赠给柳老，并介绍他拜见端方，柳老不喜攀附权贵而没有去。

当时为尊师起见，每月教薪，照例由会计亲送教师，而两江师范因调换了一位新会计，不知此例，教师大都自行向会计处取领，柳老认为有失师道尊严，独不去取，如是者一学期。放暑假时，柳老辞职，梅庵固留不允，乃挽同事陈善余询其辞职的原因，始得其实，梅庵斥责会计，向柳老道歉。柳老对于梅庵有知己之感，且深佩梅庵的书法，时陆维钊却鄙视梅庵所书北魏体，颤抖太做作，不以为然。柳老出示梅庵为他曾祖母工楷所书的墓志铭，融黄山谷、董香光于一炉，维钊大为叹服。

柳老有"图书馆学家"之称。这是名副其实的。他一九二九年起，担任江南图书馆馆长，该馆在南京西城清凉山南麓的龙蟠里，因此俗称龙蟠里图书馆，原址是清道光年间陶澍所建的惜阴书院，光绪二十九年，端方改建为图书馆，聘缪艺风主持馆务，并以七万三千余元，从杭州购来清季四大藏书家之一的丁丙八千卷楼藏书。但对外向不开放。一自柳老担任馆长，该馆即实行对外开放，各方面又大加改革，凡外地来馆阅览者，为之办理食宿，俾得安心研究和钞录资料；有疑难问题，可向柳老请教，柳老知毋不言、言毋不尽。且编印馆藏书目，为全国图书馆编刊大型书目的首创。阅览者得以按图索骥，给人很多方便。又编印年刊，为挺厚的一册，共出十册。不失为一份丰富的文献资料。

柳曾符见告，其祖父著作颇丰，尤以历史为多，其中有三部代表作：《历代史略》、《中国教育史》、《北亚史》，都是煌煌巨著。其他如《中国文化史》，即有七十余万言。

柳老，江苏镇江人，生于一八八〇年，字翼谋，晚号劬堂。一九五六年二月三日，因病逝世，享年七十有六。他的著作，有已出版的，也有未出版的《劬堂诗》共八册，最近由柳曾符复印了若干部。曾符掌教复旦大学，对于先祖的遗作，广事搜罗，有《劬堂日记》、《劬堂自订年表》，及海内名流致柳老的书札，装成六十册，拟注释印行。

才媛陈小翠

女子钟灵毓秀，实胜于须眉男子。可是女子须事针线，操井臼，凡一切琐碎的事，大都由女子任之。何况女子照样要在社会上担负职务，八小时工作，已很劳累，加之内外兼顾，其忙可知。一旦嫁了丈夫，又有侍姑抚婴的额外义务，在这种情况下，试问哪里有闲功夫，下在文翰艺事上？虽具着充分的灵和秀，无从发挥出来，徒然辜负了造化给与的钟毓，那是何等可惜啊！

多才多艺的女子，自古已稀，于今更少。无怪历来编写人物传记的，要特地列着才媛一门，可是这一门，往往寥寥数人，成为凤毛麟角。在近数十年来，称得上才媛的，陈小翠可首屈一指了。她生于民纪元前五年八月二十四日，名翠，号翠娜，后来便署小翠，为钱塘陈蝶仙的女儿。

数年前，我曾撰写了一篇《翠楼吟伫图记》，概括地涉及她的生平，就把这篇录写下来，作为引子吧！文云："余识陈小翠女史于民十之际。其时，女史随侍其尊人蝶仙前辈杖履，来作吴门游。余与赵子眠云等，伴之探天平之胜，饮钵盂之泉，女史披茸跻岩，啸引为乐，迄今已七十余寒暑。回首前尘，恍如昨日。此后，余旅食沪渎，盍簪联吟，频亲淑范。而女史诗亦潇澹清放，流宕自然，井水旗亭，竞传佳什，非一辈绨句雕章、震眩俗目者所得追踪并驾。且出其旁艺，绘事法书，莫不结藻英华，雍雍霞举，洵闺襜之奇禀，巾帼之异才，虽谓之凌轹仲姬，抗衡道韫，亦受之无愧色也。奈于数年前，一夕罡风，遽归仙珮，闻之者为之吁嗟惋惜，不能自已。我友汤子修梅，喜诵女史吟草，深致钦佩，怀悼之余，乃访得遗影一帧，倩传神圣手胡蔗翁为作《翠楼吟伫图》，纨质蕙心，宛然纸上，香花供奉，永接光仪。女史有知，当叹我道之不孤，斯文之未坠。盖修梅疏瀹性灵，浣濯肺腑，于诗若词固亦极其妙趣者。承不弃鼻陋，属为之记，谬缀数言，殊滋赧汗，不值大雅一哂也。”

在这儿须得补充一下，那年初冬，蝶仙小翠父女来苏，此外尚有小翠的长兄小蝶（定山）、李常觉、涂筱巢、丁慕琴、徐道邻、周瘦鹃，及小翠的女伴娴君、紫绡等，同乘游舫，直赴天平。这时小翠已喜绘事，舫过枫桥，她和小蝶商量画稿，一溪烟雨，尽入丹青。及至天平的中白云，道邻（徐树铮子）出摄影机，拍了好多照片，有立的，有坐的，有攀树的，有倚石的，参差错落，状态不一，小翠当然也是影中人，我留贮了若干帧，可惜在十年浩劫中荡焉无存。只有拙作《天平参笏记》一文。又小蝶《游天平》古风六首，存于《蝶野诗存》中，且凭其诗，得知时为己巳（民国十八年）十月十二日，聊为鸿雪了。

小翠艺事是多样的，先来谈谈她的绘画吧！她的画，具有渊源，她的父亲蝶仙，从小喜欢改七芗仕女，但仕女不易着笔，便改作文人画，残水剩山，折枝零叶，随意挥洒，确是别饶清致。不久，山阴杨士猷到陈家作客，他是蒲作英的得意弟子，镇日渲红染紫，泼墨纵毫，小翠多少受这熏陶，也就点点触触，拈管嬉弄，没有多久，居然像模像样了。进一步，看些画学理论方面的书，懂得一些什么吴门、娄东、云间、金陵等流派，观摹前贤时彦的名迹，凭着她的七分天资，三分学力，举凡人物、山水、蔬果、花鸟，都有那么一手。起初画了送人，那春烟芍药，秋水芙蓉，殊色流妍，博得戚友的喜爱，直至应接不暇，开始订了润例。书和画，是有连带关系的，她在学画之余，即注意八法，俾书和画组合起来，成为不可分割的整体。虽大的联额没有看到，那扇册之类，写的闲逸遒秀，卖画复卖书了。我有她画的仕女扇，一婵娟作海棠春睡，惺忪双目，态极妩媚，一面为冯文凤书，这是小翠和文凤书画合展时送给我的。还有一扇，小翠画的是赤壁夜游，船中数人，作幽情遐致，旷怀自得之概，更为工致，这是十年浩劫后，在冷摊上购得的。此外，她又为我绘了一个小册页。那时上海成为孤岛，她的父亲蝶仙已下世，小蝶流寓域外，她的生活情况，大不如前，赁屋而居，可是屋主一再逼她迁让，因为其时居屋，奇俏殊常，赶走了甲，把屋顶给了乙，可收一笔挺大的顶费，利之所在，屋主什么手段都使用出来，既不讲情，又不讲理，小翠被屋主惊扰的非迁地为良不可。再三请托，好不容易，总算觅得一栖息之处。我去访问她，袖出一纪念册，请她随意点染一下，她就为我画了翎毛花卉，并借题发挥，写了一首七绝，但这个册子，在浩劫中被凶徒掠去了，幸而小翠题了字赠给我的《翠楼吟草三编》，为一油印本，却还留存。在这《吟草三编》中，有《为郑逸梅先生画花鸟占题》，诗云：

微禽身世可怜生，风雨危巢夜数惊。
借得一枝心愿足，夕阳无语自梳翎。

诵之多么凄人肺腑。

小翠的诗，造诣很深，当时沈禹钟眼界甚高，于诗，不轻许人，可是对于小翠却倾佩备至，称为“当代闺阁中唯一隽才”。又前辈常州钱名山，读了她的诗，一再劝她把什么都放弃，专力于诗。将来必传无疑。她从善若流，也就在诗方面抉破藩篱，直窥堂奥。我往往在写作余暇，仿前人摘句图，录存近人的佳句，日积月累，集成一大册，其中所录，小翠的诗比任何人为多。我在这儿摘取若干首，以与读者共赏吧！

小翠早年，在乃翁余荫之下，生活条件是很优越的。这时卜居故乡杭州西子湖头，有着别墅，如蝶庄、香雪楼等，山色水光，清扑几席，吟啸挥洒其间，真是得天独厚，我们可以从她几首诗中，反映出来。如《湖上闲居》云：

湖风吹冷欲添衣，画阁烟昏燕子飞。
隔水人归看不见，晚灯红过柳旁堤。

南屏山色日濛濛，向晓微闻渡水钟。
一幅红帘隔春雨，提壶人在杏花中。

江南小女画眉弯，茉莉如珠簇两鬟。
却怪船娘太粗莽，兰桡荡破月华圆。

细雨无声三月暮，小楼重到一年余。
卷帘十日清闲甚，坐看云山卧看书。

又《新居题壁》云：

镜里秾花媚晚春，银屏罨画折香尘。
绿杨楼阁春人笑，招取流莺作比邻。

别院风飘千点絮，窥窗人隔两重纱。
错疑梦醒菰芦岸，吹满一身香雪花。

头衔旧署司花令，小阁新开咏雪楼。
一笑临池写新句，天花如雨扑帘钩。

又《湖楼》云：

水晶帘卷近银河，帆影时从镜里过。
桥外渔船刚起网，落花红比白鱼多。

向晚余凉遣扇招，嫩晴天气换轻绡。
湖楼小立无人见，槛外垂杨绿万条。

绿杨楼阁女儿家，一带红栏抱水斜。
照影春波人似玉，绣襟新缀白山茶。

又《春闺》云：

满天香雪落珠玑，邻院箫声隔紫薇。
十二楼台春似海，红灯簇处美人归。

银灯珠箔逗晴光，宝鼎浓熏麝脑香。
闲煞小鬟无个事，水晶屏背捉迷藏。

《冬夜》云：

疏篱一折水之涯，时有幽香透碧纱。
输与东风饶画笔，晚窗濡月写梅花。

《蝶庄消夏》云：

六曲红桥雨万丝，碧云如水早凉时。
愔愔山气湖廊静，自改年来未定诗。

玉栋珠帘认不真，碧天楼阁雨如尘。
玻璃砚匣珊瑚笔，小字银钩写洛神。

生活享受，可说是乐哉乐哉！还有几首诗是题画的，她的画境，也可以在题画诗中窥见一斑。如云：

玉箫声歇夜冥冥，独上琼楼第几层。
风露满身凉不管，看云看月到天明。

门前小港似羊肠，两岸浓阴压水凉。
刚许小船行得过，高槐分翠满衣裳。

竹林雨后新抽笋，荷叶香时好裹鱼。
中有香山女居士，绿天深处著奇书。

廿载元龙气渐醇，自将流水洗诗魂。
孤篷载雨归来晚，一路青山送到门。

竹阴人影青于笋，雨后山痕淡到无。
却忆桐庐春酒熟，门前江水卖鲥鱼。

有题仕女，有题人物，有题山水，都轻倩入妙。小翠著述，有《翠楼吟草》，那是她出嫁时，蝶仙的老友涂筱巢为她印行，作为贺礼的。筱巢设有著易堂书店，付梓较为便利，但只印数百部，凡参加喜筵为席间馈赠品。蝶仙为撰一序，略云："余生平寡交游，不喜酬酢，向晚归来，每于灯边酒畔，拈词斗韵，以消郁闷，可与言诗者，则惟吾女一人。余素健忘，视吾女为立地书橱，今将离我而去，正不知来日光阴如何排遣。余心中有万千感情，而不能措一辞。"《吟草》分《银筝集》、《天风集》、《心弦集》，附《绿梦词》，又附《芰剩草》，则兼及长短句，缘情绮靡，不让李清照专美于前。诗从乙卯开始，其时小翠仅十三岁，有《东风》诗云：

绿杨阴护竹篱笆，小队筠笼唱采茶。
底事东风欠公道，春愁偏送到儿家。

可见她的早慧。此后，周拜花搜辑蝶仙作品，印《栩园丛稿》，《翠楼吟草》收入其中，改称《栩园娇女集》，分上下册，下册为《翠楼文草》、《翠楼曲稿》。文则骈散出之，饶有古音，如《邃园感旧图记》、《西溪归隐图记》、《半淞园夜泛图记》、《碧云仙馆遗稿序》、《悲秋诗自序》、《黛吟楼图序》，以及《镜赋》、《灯赋》、《雨赋》等；《曲稿》则有南正宫调《尘游小纪》，《焚琴记》十出，分楔子、宫宴、闺忆、病讯、妒谋、乔拒、惨诀、焚琴、碎玉、雨梦。曲折叙来，诵之令人回肠荡气。其他散作载杂志上的有《翠楼新语》，又与蝶仙、常觉合著的《薰莸录》，文言体十二万言，曾得教育部褒状。又《自杀党》、《疗妒针》、《望夫楼》、《视听奇谈》，也是蝶仙、常觉、小翠合著的。

小翠在婚姻上是很不愉快的。最初南汇顾佛影很追求她，佛影诗神似渔洋，和小翠很合得来，可是佛影一介书生，门第上是有差异的，蝶仙思想带些封建性，未成佳偶。结果由父母之命，媒妁之言，嫁给汤寿潜的孙子汤念耆。寿潜在辛亥革命时，任浙江都督，又是世代书香，辑有《三通考辑要》,奈嫁后两人意趣不相投,没有多久,夫妇分食,进膳孤寂,蓄一猫任之占着一座,成为伴食中书。后竟分居,为不举行离婚手续的离婚。一女翠雏,由小翠抚养。既而佛影别娶,但与小翠诗翰往来,相互酬唱。小翠是不避嫌疑的,因此佛影的《大漠呼声》中,存着不少酬唱之作。

民二十三年,小翠与顾青瑶、杨雪玖、杨雪瑶、李秋君、顾默飞、唐冠玉、虞澹涵、吴青霞、鲍亚晖、周炼霞、谢月眉、庞左玉、丁筠碧、包琼枝、余静芝、谢应新、冯文凤、徐慧等组成中国女子书画会,又组画中诗社,分课唱和,当时是盛极坛坫的。

蝶仙对于子女,最钟爱的便是小翠,诗中经常提到她。当时杭州举行的西湖博览会,蝶仙就近筑有半亩园,园中大树合抱,阴及半园,特作曲房,以让此树。装有玻璃镜槅,以壁间所悬联对,映入镜中,都成反影,觉得不很悦目,因此蝶仙和小翠运其巧思,爰取篆隶字的双面相同的,撰为双面字联。如:

北固云山开画本,东山丝竹共文章。

回文春水三千里,亚字阑子十二重。

蝶仙有孙名“克敏”,既而觉得“克敏”似为狗名,因改“克言”,小翠即为取字“学诗”,取前哲“不学诗无以言”的意义。抗战时，蝶仙转移其业务至成都、昆明，小翠和她的母亲懒云留在沪上，双方音问，凭藉尺素，有时以诗词代柬，都是寄给懒云与小翠的，信用白话，除国家大事不便谈外，什么都谈，睡眠饮食，民情风俗，笑话奇闻，什么看昙花，宣威腿没有金华的好，吸红姑娘香烟，做怪梦，买到刘永福的黑旗营主的图章送给江小鹣，蓄着一头小猴子，懂得撒娇，要人为它抚摩肚子，讨东西吃，琐琐碎碎，很有趣。小翠把这许多信，刊一册，名《难中竹报》，可惜小翠给父亲的信，没有留下来，否则一定也是妙趣环生的。小翠孝思不匮，一自蝶仙逝世，她辑有《思痛集》，有《梦先君》、《悲歌》诸什，注云："余自双亲逝世，心绪孤寂，时时梦居高山土屋中，一灯如豆，荧然在案，四顾无人，凄绝可怖。"又《金缕曲》小引云："壬子六月，大兄返，鬻故居蝶庄，寄示二律。余读而悲之，泪如雨下。盖先君在日，最爱蝶庄，暮年著述，成于此屋为多，避乱去蜀，作《蝶恋花》题壁云：'但愿归来，池馆还如旧，'五载沧桑，竟成隔世，今灵榇未返，而楼台易主矣。占答《金缕曲》，用三叠体，此格盖先君所创也。"她晚年应聘上海画院，翠雏遣嫁域外，生一外孙，依小翠而居。其时，有辑文史资料者，委我撰写陈蝶仙传记，奈我只知蝶仙在《申报》主编附刊一段时期，最早参与莲幕，及晚年经营实业，有所未详，推荐小翠为之。可是小翠以时下纪述人物，辄加批判，认为乃翁系一代完人，不愿涉及贬语，婉言辞谢。

十年浩劫，知识分子什九受到冲击，其时小翠居沪西淮海路上海新村，里弄组织，对小翠频肆凌辱，不得已她和庞左玉对调居舍。其时，画院诸画师例须赴院接受审查。某晨，小翠甫及画院之门，即望见诸画师均罗列成行，为阶下囚，小翠返身逃回其寓，不料已被所谓红卫兵发觉，追踵而来，小翠坚闭其门不纳，一时叩门如擂鼓，势将破门而入。她没有办法，开了煤气自戕。沉冤多年，直至“四凶”垮台，才得平反。

辑二

漱六山房主人张春帆

我认识的小说家前辈，除著《海上繁华梦》的孙玉声（别署海上漱石生）、著《空谷兰》的包天笑外，当推漱六山房张春帆了。他所著长篇小说，有《政海》、《魔海》、《情网球》、《胭脂虎》、《嵩山拳叟》，尤以《九尾龟》一书最负盛名。他是江苏常州人，和当时的显宦盛宣怀为同乡，又兼戚谊。这部《九尾龟》书中人物，大都是常州绅士辈，他加以辛辣的讽刺，其中也涉及盛氏，盛宣怀大不高兴，因此双方断绝往来。他撰写该书，尚在清季，当时无所谓稿费，也无所谓版权，它印行后，各家书坊纷纷翻版，版本多至数十百种，他却绝无权利的享受，撰至若干回而辍止。此后他宦海归来，撰了续集，交给钱芥尘，按期登载《上海画报》，既而刊成袖珍本发售。

我认识他老人家，是在吴中枣墅赵眠云家。越日，我就访之于其娄门北街的寓所，蒙他殷勤招待，谈笑欢然。一九二八年他到上海创办《平报》，《平报》为三日刊，馆址设在西藏南路福昌里六二八号，即春帆的寓所。报头是徐朗西写的，创刊于是年六月六日。第一篇是天台山农的《说平》，代替编辑小言。内容以文艺掌故为主。写作者，有范烟桥、赵眠云、平襟亚、徐拙园和我，当然春帆自己写得很多，步林屋也不少，原来这时林屋和春帆同寓福昌里，为近邻。又棋王谢侠逊写《棋话》，连载若干期。铜版图，有春帆与沈佩娟女士俪影，《孽海花》作者曾孟朴的家园照片。这时我亦旅食来沪，得暇，常赴该报社访谈，佩娟女士娴雅多礼，我见过好多次。他老人家行文既敏捷，书法又很秀美，不知者，几疑出闺檐之手哩。

他老人家喜奖掖后进，茶余酒后，每谈及我，颇承溢誉。我刊《逸梅小品》一书，他首先赐一短序，有云："郑逸梅君有补白大王之号，文坛驰骋，久已名盛一时。尤擅长小品文字，摛华抒藻，结构谨严，而恂恂儒雅，气温而润，神粹而清，无时下少年俯视风云，高瞻山海之习，是诚文艺界之模范人物也。近以新作《逸梅小品》见示，萃金玉锦绣为大成，集瑰宝珠玑于尺幅，可以知社会之风尚，可以补史乘之见闻，尤可以资学术上之参考，吹花嚼蕊，咳唾皆春，吾知一编既出，万里风行，人人靡不以先睹为快也。"我为之一读一汗颜，亦为之一读一铭感。

《平报》社距中央大戏院很近，他在操觚余暇，常赴戏院观国产片，每片必观，每观必撰一影评，刊于《平报》，其时尚无所谓影评人这个名目。他对于电影，深感兴趣，拟以《九尾龟》编为电影剧本，托我商请上海影戏公司主持者但杜宇，杜宇固为爱读该书的一分子，很愿接受。奈一加考虑，觉书中多秦楼楚馆的背景，电影检查会，取缔很严，恐不易通过，只得作罢，否则章秋谷现身银幕，早与观众相见了。（按章秋谷隐射张春帆，乃夫子自道。）

文人结习，喜以斋阁为其别署，而加一主字于其下，如何海鸣的求幸福斋主、李涵秋的沁香阁主、杨尘因的春雨梨花馆主皆是，而他却称漱六山房，取其简略而不加主字。有一次，他给我一封信，下面即署“漱六山房鞠躬”，那喜开玩笑的平襟亚看到了，连说：危险！危险！我问他危险在哪里？襟亚道：“这一座崇高的漱六山房，作九十度鞠躬，岂有不倒塌之理，压死了人，向谁算帐呢！”为之相与大笑。他逝世于民国二十四年。

多才多艺的陆澹安

多才多艺的陆澹安，年逾八十，经过几次大病，他兀是倔强地和病魔作斗争，总是安禅制毒龙般地把病魔制伏住了。朋友去探访他，请他不要劳神，他却殷勤款洽，谈笑风生，一些没有衰颓的样子，可见他体质还是很硬朗的。

他原名衍文，字剑寒，世居苏州洞庭山莫厘峰下。家有明志堂，便取义诸葛武侯语："澹泊以明志"，乃号澹盦，后以盦字笔画太多，省改为庵，又省改为安，用澹安的笔名已数十年了。他幼年来上海，肄业沪南民立中学，和周瘦鹃为同级高材生。每试，两人辄名列前茅，深得老师孙警身的期许。警身更以澹安笔墨峻洁卓越，鼓励他治桐城文。澹安孳孳矻矻，沉浸有年，撰《百奇人传》，和当时林畏庐、钱基博相颉颃，各刊物竞载他的作品，澹安也就名动大江南北了。

他喜研究戏剧，早年和洪深等创办电影讲习班，后来享盛名的胡蝶、徐琴芳、高梨痕等，都在讲习班中亲沐他的教泽。对于京剧演员艺名绿牡丹的黄玉麟，也栽培不遗余力，一方面教他习书法，一方面为他编剧本，如《风尘三侠》等，远走滇南，载誉而返，更辑《绿牡丹集》与柳亚子的《春航集》、《陆子美集》、汪兰皋的《梅兰芳集》，齐驱并驾。又撰《弹词韵》，操敬亭业的，无不奉为圭臬。那创始用京白说《啼笑因缘》轰动一时的朱赵档，便是澹安启导出来的。

澹安善写北碑，作擘窠书，魄力很大。其时沪上有天台山农，擅书榜额及市招，一次有人请他作悬崖上的题字，其大无比，山农力不胜任，介绍澹安勉为其难。澹安磨墨盈斗，运肘挥毫，居然写得天骨开张，超迈绝俗。人们请教他的经验，他说："作书前，凝神对纸，意象中，纸素间仿佛有波磔点画，即就之一挥而成，自然浑健得体。"

澹安有智囊之称，侪辈逢到疑难不决之事，往往与之商酌。潘伯鹰经常是他的座上客，一天，谓其戚某，曾挪借三百金，逾期未偿，索之置诸不理，且口出不逊之言，因之颇为恼怒，拟前往斥骂一场，以泄胸头的恶气。澹安云："斥骂一场，问题不解决，且彼此伤了感情，这是下策。据我愚见，您此后应当若无其事，常赴戚家，问候问候他，上天下地都可谈，但绝不能谈及款项事，这样去的次数越多越有效。"伯鹰果然如法炮制，大约去了七八次，那戚竟摒挡着把借款如数见偿了。实则这是在精神上给与无形的压力，借款久拖未偿，是内愧于心的，一次次的见面，便一次次的受到压力，故一清借款了之。

澹安有一弟若严，是上海文史馆馆员。昆仲住在一起，澹安治学，喜欢晚上埋头灯下，睡眠常在半夜一二时，而若严却喜早起，一二时即起身，有似轮值夜班，虽有窃盗，也无从施其伎俩。惜若严于数年前逝世，他抱着鸰原之痛，久久未释。他子女很多，长子生月日与母同，幼子生月日与父同，可谓巧极。女祖芬，在联合国管档案工作，兹已退休，优游域外，间或返国探亲，带些新颖的东西来，以博老人家一笑。

澹安著述很多，如《诸子末议》、《隶释隶续补正》、《汉碑通段异体例释》、《小说词语汇释》、《戏曲词语汇释》、《古剧备览》、《说部卮言》，其中包括《水浒》、《红楼梦》、《三国演义》。他钩沉揭秘，心细如发，能道人所未道。

他藏书极富，奈毁于"一二八"之役。此后再事购置，若干年来，又复盈橱满架。他对于秘笈孤本，广事搜罗，在上海豫园书摊上获得王韬的《蘅华馆日记》手稿本，末附王韬所作诗词，都没有刊印过。时施济群办《新声》杂志，借去逐期发表，不幸印刷所失火，付诸荡然。这是他深为遗憾的。

严独鹤的斋名及其他

民初报坛，有《申报》“一鹃”、《新闻报》“一鹤”的两大权威。“一鹃”指吴门周瘦鹃而言，“一鹤”指桐乡严独鹤而言。瘦鹃主持《申报》的《自由谈》凡二十年，独鹤主持《新闻报》的《新园林》，时间更长。龚定庵所谓：“各领风骚”，堪以移赠。

这时洪宪称帝，军阀横行，内忧兼着外患，报上所载，没有些儿好消息，加之那些专电要闻，大都弄虚作假，使读者有尽信报不如无报之慨。凡此读者很感头痛厌烦，于是转而爱看附刊的小文章，其时《申报》号称日销十五万份，《新闻报》号称日销二十万份，这种销数在目前来讲，是卑不足道的，可是在那时，却已属惊人的数字了。所以有这样的销数，还是靠着附刊的号召和吸引。因此报社的主持者，一般都注重附刊，以迎合读者。附刊的编者，也绞尽脑汁采用连载的作品，如小说、笔记等，使读者如看连台戏一般，一本一本的看下去，不肯中辍，那报刊的销数也就蒸蒸日上。销数多，自然招徕了许多商品广告，广告费成为大宗的收入，真所谓“财源茂盛达三江”了。附刊编辑的地位因而日益提高，外界往往不知道报纸的总主笔为谁，而附刊编辑却成为家喻户晓的著名人士。这时差不多把瘦鹃作为《申报》的代表，严独鹤成为《新闻报》的代表，这种错觉，是有由来的。

严独鹤名桢，字子材，别署知我，又署槟芳馆主，浙江桐乡人。他自家乡来沪，初执教鞭，《新闻报》当局汪汉溪赏识他，请他担任附刊编辑。以往的附刊，名《庄谐杂录》，取材和编排不够生动活泼，独鹤推陈出新，取《水浒传》上的“快活林”，为附刊的刊名。一自“一·二八”沪战之后，大约停顿了半年，复刊易名为《新园林》。以时间来说，《快活林》时间短，《新园林》时间长。在附刊上连载的作品，小说有李涵秋的《侠凤奇缘》、《镜中人影》、《梨花劫》、《并头莲》、《战地莺花录》、《好青年》、《自由花范》。继之为平江不肖生（向恺然）的《玉玦金环录》、李东野的《孤鸿影》、程瞻庐的《鸳鸯剑》、许瘦蝶的《尚湖春》。以上三种，都是弹词体。此后有顾明道的《荒江女侠》、张恨水的《啼笑因缘》、《太平花》、《夜深沉》、《满江红》、《水浒新传》等，尤其《啼笑因缘》最受读者欢迎，既摄了电影，又编了话剧，更弦索铮铮上了说书场。独鹤大为得意，他在《啼笑因缘》刊成单行本时，写了一篇序，有那么一段话：“我到北平（即北京），由钱芥尘的介绍，始和恨水先生由文字神交，结为友谊。并承恨水先生答应我的请求，担任为《快活林》撰著长篇小说，我自然表示十二分的欣幸。在《啼笑因缘》刊登的第一日，便引起了无数读者的欢迎了。至今书虽登完，这种欢迎的热度，始终没有减退，一时文坛上竟有《啼笑因缘》迷的口号。一部小说之能使读者对于它发生迷恋，这在近人著作中，实在可以说是创造小说界的新纪录。恨水先生对于读者，固然要表示知己之感，就以我个人而论，也觉得异常高兴。因为我忝任《快活林》的编者，《快活林》中，有了一个好作家，说句笑话，譬如戏班中来了个超等名角，似乎我这个邀角的，也还邀得不错哩……”独鹤这样捧场，似乎太过度了，实则他和徐耻痕、蒋剑侯合办三友书社，出版这个《啼笑因缘》单行本，也是从图谋利润出发的。笔记连载有好多种，而以两种最具代表性，一为刘成禺的《世载堂杂忆》，解放后刊为单行本。一为汪东（旭初）的《寄庵随笔》，作者是章太炎的大弟子，历掌最高学府的文学讲座。该笔记文藻斐然，情文并茂，最近某出版社，正在整理。

独鹤每天在附刊上发表短短的时评式的谈话，载于附刊的右上角，为一固定栏目。所谈颇多独特的见解，而以含蓄出之，且寓讽刺于诙谐中，甚为得体。有时他生病，便由报社同事余空我庖代，空我笔墨也很来得，依样画葫芦，每天撰一谈话，但读者总觉得同是短短的小文，空我把话说得扁了，不及独鹤说得浑圆动人。这个品评，下得很正确。独鹤自以为文字减少些辛辣气，保证不出毛病，可是防不胜防，这方面不出毛病，而毛病却出在另一方面，为意料所不及。

这事说来可笑，有一天下午，独鹤到报馆办公，正要乘电梯上楼，突然有人持一锉刀向他颈项刺来，独鹤惊避，然已受创流血，即送医院医治，幸伤势轻微，不久出院。凶手当场给门警抓住，由捕房解往法院受审时，那凶手却侃侃而谈："平素喜读独鹤的谈话，天天阅读，成为常课。日子久了，觉得独鹤的谈话，具有吸引人的特殊魔力，读了精神上就受到他的控制，什么都不由自主，可知独鹤这个人是有妖法的。我为了安定我自己的精神，不得不向他行刺……"法官听了他的口供，认为这人有精神病，经医生诊断，果然是个疯子。监禁了若干时期，释放出来，这却使独鹤大不安心，万一他再来开玩笑，怎能受得了。结果由独鹤化了钱，送他入疯人院治疗。独鹤这些谈话，有倪高风其人，把它剪贴成一厚册送给独鹤，这数量的确是很多的。独鹤自己一检，觉得这些小文，都是具有时效的，时间性一过，就成为明日黄花，没有保存价值。他深悔枉抛心力，从事于此，这些速朽文章，无非充实字纸篓了。其他刊行的，有《独鹤小说集》、《人海梦》。《人海梦》是长篇说部，只出了一集，没有续完。又把《西厢记》演衍为白话小说，也没有完成，此外，还有几个电影剧本。

独鹤有昆仲数位，如严畹滋、严荫武等。我因独鹤，认识了荫武，荫武体形硕大，某次，他赴新舞台访徐卓呆，卓呆喜开玩笑，有“笑匠”之称。见荫武来，说“我为你介绍一位朋友”，便请演员许奎官出来，许奎官也是特大的块头，卓呆说：“你们两位，都是庞然大物，今日相会，是不是像一对‘开路先锋’。”独鹤收入较丰，诸侄子的读书培养，大都是独鹤化钱，所以他家累重、开支大，没有余蓄。

独鹤不但治中文，外文也很精通，在进《新闻报》之前，任过世界书局英文部主任，编辑英文辞典及英文教科书，所以和世界书局有很深的关系。世界书局出版的几种杂志，也都挂着他的虚衔。他的生日，很容易记，乃一八八九年十月三日，就是旧历九月初九的重阳节。我们有一次为他祝寿，宴诸某肴馆，大家请他点菜，他客气不肯点，有人说：“煮蛇羹便可”，大家为之哄堂大笑，原来俗称鹤是喜欢吃蛇的。

他和夫人伉俪情深。他夫人中年逝世后，结婚时用的金戒指，独鹤经常戴在无名指上，后男子极少戴戒指，他还是戴着。以后，他续娶了陆蕴玉，戒指仍终身不废，以示不忘旧偶。陆蕴玉小名雪儿，颖慧通文，喜观小说，又复勤俭治家，博得贤淑之称。独鹤无内顾之忧，感激之余，因以“玉雪簃”为斋名。所谓玉者乃蕴玉、雪者乃雪儿。独鹤于十年浩劫受屈，气愤死，这时所有个人财物被掠一空，无以料理丧事。幸尚留有一架电风扇，蕴玉即售诸旧货商场，得七十金，才得把独鹤遗体送殡仪馆，付诸火葬。陆蕴玉今尚健在，备一纪念册，请独鹤诸旧友题识。但人事沧桑，存者寥寥，仅顾执中、陆诒、徐耻痕、徐碧波、丁芸生、胡亚光和我为之点缀一下而已。还有周冀成，不在国内，当时充独鹤助手，编辑《新闻报》附刊，冀成谐声为“鸡晨”。因此有“鹤立鸡群”的笑称。同时独鹤又编《新闻夜报》，任《夜报》的总主笔，辟一附刊《夜声》，容纳一些青年作家的稿子，这些青年，受到独鹤的提携，大家都以师礼事独鹤，当时的青年作家，或许存在的较多，但失去联系，天南地北，不知寄迹何处了。

独鹤所编的附刊，所约撰稿的，有许指严、朱大可、徐枕亚、陆律西、曹绣君、程瞻庐、朱枫隐、范烟桥、陈秋水、刘山农、缪贼菌、夏耐安、李警众、费隻园、庄乘黄、徐碧波、姚赓夔、范菊高、屠守拙等。守拙善用连珠体为游戏小品，因有“屠连珠”之称号。我也厕列其间，有时我和独鹤一同参观某种展览会，须明天附刊有所记载的，独鹤往往要我执笔，在附刊的版面上留出五六百字的地位，晚饭后，由馆役来取稿，那是很局促的，好得我这时精力充沛，出笔迅速，也就应付过去了。附刊上，每天登一漫话，最早担任作画的为马星驰，勾勒几个军阀的形状，真是惟妙惟肖，具有辛辣的讽刺意味。记得一九一七年，军阀张勋护戴溥仪复辟，旋即失败，张勋逃往荷兰使馆，托庇外人。马星驰便画了一个汽水瓶（这时汽水俗称荷兰水），那翎顶辉煌的张勋，躲在瓶中，一根大辫子翘出在瓶外（张勋留着大辫，时称辫帅），丑态百出，引人发笑。此后继马星驰作漫画的，为杨清磬、丁慕琴（悚）。有一次，慕琴的漫画太露锋芒，触犯了当局，独鹤被传至南京审问，几被拘留。又独鹤最初是执教的，一自涉足报界，忙于笔墨，可是他还是念念不忘于教育事业，一度和陆澹安、施驾东、施济群、朱大可等，在上海北京东路办大经中学，独鹤自任校长，延聘名师，担任教务。又请王西神、陈蝶仙（天虚我生）作诗词讲座。这时我和赵眠云合办国华中学，请陆澹安来兼课，所以两校是频通声气的。

耿直成性的陆丹林

陆丹林在南社中，秉性是较率直的。我在《南社丛谈》中，曾为他撰一小传，当时匆促为之，颇多遗漏，兹在这儿补记一些，以资谈助。

他参加南社，在我之前。他曾向柳亚子提议，把南社的种种，编写一部史料性质的书册，可是亚子认为社事太繁琐，成员太庞杂，不容易搞。愿把所有的资料和图片，供给丹林，请丹林一挥椽笔。可是丹林却谨谢不敏，默尔而息，实则他对于社事和社友是相当熟悉，当时他没有争取撰写，是很可惜的。

他是广东三水人，旅沪数十年，还是乡音未改。记得冒鹤亭前辈，生于广东，因名广生，某年粤省修志，请鹤亭参加辑政。这时鹤亭误以为丹林已作古，把他列入儒林中。丹林知之，引为生入儒林传，这是破例的光荣。他叩门往谢，鹤亭向之道歉，遂为订交之始。

丹林一目失明，装一瓷目，宛然天成，人罕知之。他一足微蹇，我问了他，才知他早年遇盗时因奋勇抵抗，被盗枪击中踝，幸未丧生，但影响步履罢了。

他喜搜罗书画，有出于遗老的，也有出于革命人士的，遗老和革命人士，截然两个阶级，是处于敌对地位，他却从艺术角度来看，无分轩轾。在民初，顺德有位书画家温其球，丹林慕其名，便托同社蔡哲夫代求一画，温慨然为绘红树室图，丹林从此以红树室为其斋名。此后又请人为绘红树丛中自在身图，又因红树而衍为枫园，别有枫园读史图、枫园忆凤图，题咏纷纷，蔚为大观。他又喜搜罗印章，宜兴储南强得一明人所刻的瓷印，恰为“丹林”二字，即寄赠丹林，他大为得意。又红树室印，有吴朴堂、简琴斋、杨千里、王个簃、邓粪翁、朱其石刻的，其石所刻，且有好多字的边款，如云：“人是丹林室红树，为冒鹤亭题红树室图句，丹林吾兄属刻，庚子秋日，朱其石并记”。又吴仲垧、顾青瑶、单孝天、李涤、冯康侯等，也都为之奏刀。他又自己试刻“自在长老”四字朱文印，颇饶古意，原来他的别署为“自在”。总之，他的名章和闲意，凡百余方，最小者仅二分，出陈巨来手，最大者高四寸，出易大庵手。他于女子刻印，说顾青瑶胜于谈月色，赵含英又胜过顾青瑶。（按柳亚子的“青兕”别署印，即顾青瑶刻）

丹林和张大千为莫逆交，藏大千画一百多幅。有大千为书的六尺巨联，句云：“无忧唯著述，有道即功勋。”集屈大均句，浑成自然，书法大气磅礴，见者无不称为大手笔。

他又有大千所绘六尺巨幅的荷花，中华书局印《张大千画集》，收入集中，丹林为该集撰一白话长序，时为抗战胜利后。

他编辑的刊物，有好多种，《中国美术年鉴》，他是编审委员会的编审委员。若干年前，香港把这书翻印一下，称之为《中国现代艺术家像传》，竟列丹林为主编，实则主编为王扆昌，非陆丹林。他主编的有《人之初》，那是吕白华助他编的。有《逸经》，那是和简又文（大华烈士）、谢兴尧合编的，他所征求到的稿件，一经发表，便将该稿覆印一二十份，寄给作者，俾作者保存。续有所作，即续为覆印，积多了装订一下，俨然为一单行本。这个办法很博得作者的欢迎。他首先获得瞿秋白的《多余的话》，载该刊上，顿增销数。共出三十六期，第三十七期已见到校样，因抗战军兴，没有刊行，所以他所藏，比外间多一册，引为珍希之品。《逸经》停刊，不久，丹林赴香港，继辑《大风》。这时郁达夫和王映霞闹离婚，郁作了《毁家诗纪》，每诗附有注释。登载于《大风》。王映霞以诋语太多，很不甘服，也如法炮制，做了许多诗，附着注释，反唇相讥，交给丹林。丹林登载了诗，注释却被删除，王对此认为不公允，颇有意见。丹林编《道路月刊》，为时最久。它是上海道路协会发行的，隔邻恰为沪市公用局局长徐佩璜的私邸，私邸没有电话，徐以局长身份，经常到协会借打。一次适被丹林遇见，徐也不打招呼，傲然拨机，丹林立即面斥，徐忿然作色，诉诸市长吴铁城，吴谓“借打电话，扰人办公，确不合理”。从此徐自装电话，不再借打。

丹林为人刚直，是他的一贯作风。有一次，旧王孙溥心畬（儒），假上海南京西路康乐酒家（即美术馆的前身）举行书画展，事前宴客，我和丹林同席。这天来客很多，那爱俪园的姬觉弥（姬氏得犹太巨商哈同、罗迦陵夫妇的信任，主管爱俪园。交识遗老，附庸风雅，遂为社会知名人士。）也在被邀之列。姬很高兴，持杯向各席敬酒，当然大家起立，共干一杯。既而持杯来到我席，丹林瞧不起姬氏，非但不起立为酬，并斥姬氏：“我不认识你，干什么杯！”姬氏讨着没趣，退席而去。又有一次，某举行画虎展。某庸才自夸，所作既乏负隅出柙之势，亦无啸谷震林之风，形和神两不具备，丹林鄙之。这时丹林适主某报笔政，某投寄一宣传稿，请丹林发表，丹林为之删易，且把“虎展”改为“猫展”，某为之啼笑皆非。又杭州有碧峰居士其人，办一书画社，为客代求当代名家书画，自诩任何不易求得的书画家作品，该社均能辗转请托，如愿以偿。实则该社雇得平素默默无闻的书画和篆刻作手，摹仿伪造，借此骗取润资罢了。这事给丹林知道了，他故意开一书画家名单，其中有健在的，也有已逝世的，假说受南洋华侨所托，按这名单，每人作一直幅，并附尺寸，寄给该社，询问能否办到？那位居士认为这是一注大宗收入，完全包办下来。丹林得此回信，在报上登一文章，带着讥讽说："某社不惜人力物力，为爱好书画者服务，不仅能求当代名家的缣幅，并在天之灵，在地之魄，亦得通其声气，以应所求，为旷古所未有，敬告海内大雅，如此良机，幸弗坐失……"不久，该社也就自动停业。又某出版社刊有涉及邹容烈士一书，乃柬邀诸同文举行座谈会，每人各赠该书，请提意见，大家都认为内容丰富，史料性强，以及其他种种谀辞。丹林突然发言："这真是活见鬼，年月有极大出入，事实上生死倒置，刊物宜向读者负责，岂容如此草率！"闻者为之愕然。主编在座，立即自我批评，谓："我应当负失检和疏忽之责。"某出版社以丹林耿直敢言，持论正确，遂聘之为顾问。又《永安月刊》，我为编委之一，力主多载掌故一类的作品。丹林写了好多篇，我征求李鸿章后人李伯琦撰写晚清宫廷史迹，伯琦提到李鸿章，辄称"先文忠公"，丹林不以为然，谓："在此民国时代，不应当再见封建性的旧谥法。"

丹林在浩劫中受到冲击，生活艰困，便预写遗嘱，略云："人总是要去世的，自己做好身后的安排，那是必要的。我离世后，遗体送殡仪馆，不要再换衣服，也不要整容，这是愚蠢的人所做的笨事，切勿盲从，否则是糟掉物料，对死者无补，对生者有损。遗体送到殡仪馆，即行结账，定于何时火葬，不必管它。这样更加做得撇脱，省却许多无聊琐事。骨灰不要取回，交托殡仪馆可了，因为它没有一些用处，反成累赘的废物。黑纱、纸花和其他形式的东西，和虚伪庸俗的陋习，都应该彻底扫除。即朋友也不须你们通知，我已预托一人代为函知一些朋辈了。我生平集藏的文物，早已星散，现在没有什么，只剩几件破旧衣服，此外有一端砚，砚底刻有文字，可以留为纪念。至于所存的书，我在世时，还可以看看，其他可选择一些，给大光存阅，因为他爱好史料的。我平日生活俭朴，量入为出，素不负债，近年经济困难，百病丛生，才向友人挪借周转，我在生时，应由我设法归还，死后就不能清偿了，朋友是会体谅的。本件分写两份，一交朱杏如、陆少兰、陆大光收执，一交陆筱丹、余慧倩、陆敬平、陆禹平收执。一九七二年三月五日”。这年七月三日，他便逝世。朱杏如是丹林的继室，大光、少兰，朱氏所出。筱丹是丹林前妻苏燕翩所出。所谓留存的端砚，乃黄宾虹遗物。丹林逝世后，被抄之文物书籍大都发还，随即平反。

丹林逝世后，香港某出版社，刊有《中国现代艺术家像传》一书，煌然列陆丹林主编。实则此书乃一九四七年，王端(扆昌)所主编，丹林仅为编审委员之一。书名《中国美术年鉴》，是屠诗聘刊印的。

钱化佛的奇怪行径

钱化佛的大名，在文艺界大约不致陌生吧！我和他相识了数十年，很知道他的历史，一自他和我合写《拈花微笑录》，在《新夜报》上发表，又在《今报》上合写《花雨缤纷录》，越发熟悉他的行径，觉得他真是一个怪人，在当代找不出第二个和他同样奇怪的人。

他在清末，作为一个革命党人，冒着枪林弹雨，夜攻南京天保城，荣获陈英士都督的奖状。《民立报》所载《沪军战后调查录》，于沪军先锋队占领天保城、紫金山两处最得力将士姓名中，赫然有钱玉斋其人，那钱玉斋便是钱化佛的原名。后来他又充战地救护队队长，一次，他执行任务时，一个流弹飞来，打中他的胸部，胸部着弹，幸而他藏着一枚银币，置在胸袋中，流弹恰巧打在银币上，银币损了外廓，他没有受伤。后来，他把这半爿的银币，装成锦匣，作为救命的恩物，以示纪念。及袁世凯帝制自为，对于革命人士猜忌排挤，他就投身新剧界，和陆镜若、吴我尊、郑正秋、郑鹧鸪、徐半梅、黄钟声、汪优游、欧阳予倩辈现身说法，针砭时弊。不久又演京剧，在大舞台做过十多年，为有名的丑角。那东方口吻，优孟衣冠，很博得社会的好评，当时沈泊尘常把他的表演情状，描绘出来，登载在画报上。在电影方面，他参加过最早创办的亚细亚影戏公司，担任基本演员，复应天一公司的邀请，在《春宵曲》影片中，和当时称为“模范美人”的叶秋心一同演出，喧腾各报。这样提高了他的兴趣，自己也办起昆仑影片公司来，结果失败，只得关门大吉。

钱化佛生平最努力的工作，便是画佛，曾发愿画佛一万幅，筑万佛楼以为供养。他第一次开佛画展览会，在上海青年会，青年会是耶稣教会中人所设，他们的心目中，只有上帝、耶稣，没有如来、迦叶，为了化佛，却破了例子。他的佛画展览，不仅在上海举行，而且在扬州、镇江、杭州、南京举行。一度和张善子、季守正等，东渡赴日，在东京举行画展，日本的《支那时报》、《朝日新闻》，纷载其行踪，并对他的艺术进行评价。

他具有集藏癖，什么都把它收罗起来，民元的报纸，如《民立报》、《民权报》、《天铎报》、《太平洋报》、《民国新闻》、《民声日报》等，凡是宣传革命的，都积存装订。又南北宋的古钱，全套无缺，配了镜框悬挂着。他自己不吸香烟，可是为了集藏香烟匣壳，便有一种购一种，香烟请人吸，他只要一个匣壳。

我曾参观过他的集藏，他把匣壳整理得很有意义，如把世界牌与和平牌，合为“世界和平”。合孙中山、紫金山、万寿山、万宝山、马占山五种牌子为“五岳图”。又白凤牌盒面为一鸡，狗牌为一狗头，合为“鸡鸣狗盗”。又把黄金牌、如意牌、长乐牌、大丰年牌合为一组，以示吉兆。其他如品海牌，旁注“光绪二十五年出品，每匣价十六文。”脚踏车牌，“光绪三十二年出品，每匣十八文。”黄包牌，“宣统三年出品，俗称黄包车牌，每包五枝，售五文。”观此可知物价今昔的悬殊。又凤鸣牌，匣面绘一彩凤，据说，乃民国二年洪武烟公司出品，这是安徽都督柏文蔚所创办的。化佛又指白金龙牌说：“这是章太炎所喜吸的烟。”指老刀牌说：“这是天虚我生所喜吸的烟。”指美丽牌说：“这是郑曼陀和黎锦晖所同嗜的。”火柴匣，他有数千种之多，前清的、民国的、本埠的、外埠的，甚至日本的、朝鲜的都有。梅兰芳到苏联、美国演剧，载誉归来时带给他苏联、美国的火柴匣千余品，累累赘赘，他欣喜接受，认为这是莫人的丰收。他把许多火柴匣加以配搭，一一粘贴成册，和香烟匣壳联在一起，吴昌硕为其题“香火姻缘”四个字。他又有书画扇数百柄，拟配为五伦扇，有父子的、夫妇的、兄弟的、朋友的，可是没有君臣，只得任之为不全的四伦。我对他说：“你还胜过龚定庵的后人龚孝拱，孝拱只有半伦哩！”他每柄折扇，都备了扇袋护装着，这些扇袋也是不易觅到的。他认为骆驼能任重致远，异于常畜，又收罗了骆驼型的东西和儿童的玩具。一天，他听人说虹口某铺子出售骆驼型茶壶，他冒着大雨，特地赶到虹口去买了来，并这样说：“知道了一件心爱的东西，若然不买来，晚间便睡不熟。打算凑成一百件，将来开个百驼会，不是很好玩吗。”

他藏手卷很多，一个是革命纪念卷，一个是大禹治水卷，一个完全是旧戏单，还有一个，每人写“南无阿弥陀佛”六字，写的都是文坛耆宿。册页有两本，一本是许多画家为他画像，于右任为题“化佛化影”。一本是戏剧界名人的书画，梅兰芳、荀慧生、尚小云、程砚秋、冯春航、姜妙香、时慧宝、金碧艳等的作品，都是很工整的。

上海沦为孤岛时，他大胆地与敌伪作斗争。敌伪时期所公布的告示，他于夜深人静时，轻轻把它揭下来，揭破了不要，换一处再揭，成为一全份，一张都不缺。他说：“敌伪的罪状，尽在这一大叠的告示中。”他揭取时，万一被敌伪发觉，那就捉将司令部去，不知要受怎样的酷刑，他却不怕，居然给他如愿以偿。

骂人为乌龟，谁都接受不了，他却和乌龟为缘，特制一把大扇子，一面请名画家画一乌龟，一面请书家名人写一龟字。暑天，他执着乌龟扇，在大庭广众间挥拂着。

他画成一幅画，便取出一具小型棺材来，人家莫名其妙，他乃徐徐抽起棺材盖，原来是只印泥匣，图章也藏在其中。

辛亥二月,《民立报》报社遭了火灾,事后刊行《民立劫火图》。有光纸石印,图上绘有编辑谈善吾剃了半个头避灾,手民火里逃生,沿着绳索而下,又刘束轩办某刊物,附设在民立报社中,他闻警提着帐箱下楼,以仓皇故,鞋子脱落,厥状很怪。该图化佛却收藏一纸,特付装裱,成为一轴。并请当时有关者题诗其上。束轩题云:"忽逢卅六年前事,自觉今吾非昔吾。试问偷生何所事,茶炉粥钵酒葫芦。化佛以劫火图见示,中有鄙人奔逃时提箱落屦,仓皇狼狈之状,情态逼真,至堪嘔噱,戏记二十八字,以留鸿爪。"钱病鹤题云:"此画当时余与汪绮云老友合作,回首前尘,恍如隔世,不胜今昔之感矣。"当化佛被车辆撞伤,病废在床,我去慰问他,他叫儿子海光把床侧所庋这个图轴给我阅看,的确是一件可珍的报坛文献。这时谈善吾、刘束轩、钱病鹤、汪绮云这班报人,都已先后逝世了。

写到这儿,还得补充一下,他给我的画,有好多幅,可是在十年浩劫中失掉了。此后偶在卖旧书画的铺子里,发现一幅化佛的画佛轴,上面还有太虚法师的题识,我立即买了回来,确是真迹,借此作为对故人的留念。他的画,在他生前,居然有人伪造,当时南京路有一家笺扇庄,公然出售化佛的伪画,被化佛所发觉,化佛探囊斥资,把伪画买下,并请该庄出一发票,他拿了回去,把伪画和发票提给法院，向法院控诉，及开庭审判，法官认为书画作伪，自昔有之，既成习惯，无从惩罚。结果化佛只得把伪画领回，为之丧气不已。此后他开个人画展，把这伪画加着说明，和自己的画，一同悬挂展出。

他曾组织艺乘书画社，先在劳合路（今六合路）莫悟奇的松石山房楼上，我去访他，遇到刘公鲁、王陶民、蒙树培，可见他们都是入幕之宾。既而迁移到汉口路云南路口，前半间陈列书画古玩，后半间附设米家船装池，楼上给袁希濂做律师事务所。袁希濂和希涛、希洛为昆仲，也是位书法家。因为这儿是市中心，一般书画家常在这儿歇足，如杨了公、骆亮公、杨哲子。哲子来得更勤，原来哲子自洪宪帝制失败，无聊得很，便在这儿写写字，画画梅花，借以消遣。有一次，永安公司秋季大减价，凡买满十块钱的货物，可抽签领奖品，这天我获奖得黄菊一盆，却使我非常为难，带回去作清供，路远太累赘，放弃又太可惜，既而灵机一动，就近送给艺乘书画社，说是“借花献佛”。化佛不善经营，开支大，收入少，不久把艺乘收歇，店面屋子退了租。既而抗战军兴，居住闸北南市的，都拥到租界上来，房屋大为紧张。化佛在淡水路租赁一间小屋子，五个儿子局居一处，简直无回旋余地，我去访他，他苦着脸对我说：“这真正所谓五子登科（窠）了。”

此后，他应聘上海文史馆，生活较安定。大约在一九六二年，有一次他外出购物，被汽车撞伤，折断了胫骨，不能行动，他平素是喜欢到处奔走，闲不住的，这样感到非常苦闷。他欢迎朋友们去聊天，特别对于我去，更有同道知音喜相逢之感，所以我隔了一个时期不去，他就要嘱儿子海光来找我，邀我到他家里去。一九六四年的秋天，我正在主持学校六十周年校庆，海光打电话给我，说他的父亲化佛病情严重，要我去作最后一面，我答应明天去看他，海光告诉了化佛，他还点点头，明天我一清早去探望他，岂知化佛已在昨晚去世。

平襟亚趣事纪略

上海文史馆的老馆员平襟亚，八十有七高龄了，身体已不怎么健康，夫人陈秋芳一刻不离的在榻边侍候。他是一位很风趣的人，好开玩笑，以往的种种趣事，还常萦绕在笔者的头脑中，记忆犹新，也就不惮辞费了。

我们几位笔墨朋友，每逢星期天下午，总是在沪西襄阳公园品茗，大家都是熟人，说天谈地，出言无忌。这时一般史学家，评论历史人物，为曹操翻案。同座有位曹次公，也是文史馆馆员。襟亚故意板着脸，脱口对着次公："操你的祖宗！"次公弄得莫名其妙，面呈愠怒色。襟亚却立刻展着笑容，对次公说："请你不要误会，我是颂扬，不是詈骂。曹操是你的老祖宗，子孙不是很光荣吗！"合座为之大噱。

他早年和朱鸳雏、吴虞公，组织一出版小机构，他是个主脑。这时小书坊所出的书，大都迎合小市民的口味，未免庸俗化。襟亚等为了生计，也随俗出了什么《中国恶讼师》、《骂人百法》等等。一次，襟亚看见市上出现一部《三十六女侠》，销数很广，便笑着对鸳雏、虞公说："我们不妨编撰一部《七十二女侠》，内容方面胜过它，便一定更有销路。但这种投机书，必须出得快速，否则过了时，就无人问津了。”鸳雏拍胸担保，十天内完卷。襟亚大为诧异，问：“怎有这样的捷才？”鸳雏说：“这有何难，我和虞公认识许多中文教师，学校每星期作文一次。我们不妨委托中文教师，出个作文题目：记一个女侠。我们从几百篇文卷中挑选七十二篇，不就完成了吗！”襟亚欣然色喜，如法炮制。誊抄一过，即行付印，并在广告上大吹大擂，这书居然不胫而走。

当时又盛销尺牍一类的书，出版了各式各样的尺牍。襟亚拟刊行求婚尺牍，又复动了脑筋。先请人化装为少女，拍了一帧风致嫣然的照片，登在报上。自称某女士，征求对象，说明应征的先邮一函，投寄某号信箱，惬意者再行约晤。于是一般急欲求凰者，纷纷写了缠绵悱恻，一往情深的书札，有的不惜琢句绘章，化了许多功夫。有拙于辞翰的，则求高手捉刀，甚至有以骈四俪六出之的。接连三天，在信箱中收到很多求偶若渴的信件。襟亚剔择一下，求婚尺牍立即成书。那些应征的，都做了义务撰述者。襟亚、鸳雏、虞公等又开了个玩笑，对其中一通写得最肉麻的，用某女士名写一复信，约他某日某时在上海新世界游艺场听评弹。请他手持一红花为标记，而彼在椅背后搭一青莲色帕子以作识别。到了所约的时日，襟亚等赴新世界评弹场，见到末排有一靓妆女子，坐着静听，便把预备好的青莲帕子，暗暗地搭在她的椅背。果然不多时，有一手持红花的男子，就着这女子，献其殷勤。那女子莫名其妙，叱问："你是谁？"那人嬉皮笑脸说："我们不是约好在这儿晤谈么？"那女子瞪着眼说："我不认识你这个冒失鬼，神经病！"襟亚等在旁为之匿笑不置。

这许多趣事，襟亚颇自后悔，认为少年好事，未免太恶作剧了。

沈石友与吴昌硕

吴昌硕为近代卓有创造性的艺术大师，这是谁都承认的。他所刊行的《缶庐诗存》，颇多涉及沈石友，而沈石友的《鸣坚石斋诗钞》，更多怀系吴昌硕，可见他们两人的友谊是不同寻常的了。沈石友究属是怎样的一个人？容据所知，作一介绍吧！

沈石友，原名汝瑾，字公周，后来因喜欢石砚，便取石友为别号。少苦质钝，一日，读《庄子》，心地忽然开豁，从此淹贯群籍，乃署钝秀才、钝居士。他是江苏常熟人，生于清咸丰八年戊午八月十二日（一八五八年）。他有一弟名珂，字稚明，为一位山水画家，所作清矫拔俗，具有宋元风格，但声名不彰，所以《海上墨林》，仅列沈汝瑾，而未列沈稚明。此后《常熟地方掌故》一书，也没有提及稚明。他家祖上以捕鱼为业，直到他的父亲才读书，为士林中人。石友继承书香，尤为杰出。住居常熟城内翁府前，宅中有一小园，篱旁杂栽卉木，春花绚采，秋叶题红，具有几分清趣。园中建有来青阁，阁畔一树山茶，为明代古本，每逢岁暮春初，邑中诗人骚客，来这儿觞咏为欢，不让吴梅村赋宝珠山茶占美于前。所引为遗憾的，就是石友的儿子，庸碌无文，娶媳王氏，为里中县吏家女，尤为鄙俗，均非石友所喜，石友有诗道之："种树莫种蔷微花，娶妇莫娶胥吏家，胥吏女妇无礼节，蔷薇花落为荆棘"，是有感而发的。石友逝世后，所遗文物，都被其子售卖一空。石友死于一九一七年丁巳秋间，适为周甲六十岁，葬常熟练塘仪凤里福寿桥旁的水观庵。女三人，长适时氏，早卒，次适王氏，生一女守寡，三适张氏，也早寡无后。

石友和昌硕交谊凡三十余年。当石友的《鸣坚石斋诗钞》刊行，石友已下世，昌硕作一序，在这篇序文中，有关石友的行径，和艺事的造诣，以及两人的友谊，均可在字里行间见之。兹录之于下："石友既卒之六月，萧君中孚囊其遗诗三巨册走上海，述其易箦遗言，属为点定，并为之序。呜呼！石友之诗，吾曩昔所嗜诵，今其卒也，人琴之痛，揽卷哀哽，可为流涕者也。吾与石友论交，为岁壬午（一八八二年，光绪八年），今三十余年，石友生戊午（一八五八年，咸丰八年），吾生甲辰（一八四四年，道光二十四年），以齿论，石友固兄事吾（长十四岁），征其学识，吾窃愧之。此三十余年中，彼此踪迹不常合，但岁必有诗相赠答，其诗具存集中。石友不遐弃我若是，我今何忍负其期愿耶。石友之于诗，植品甚高，致力尤勤，夫固有神明乎诗之外者，而竟侘僚以诗人终，此虽践其平昔之所自期，而吾则为之拊卷三叹，盖石友性行专亮，自晦于时，足迹不出吴越间，好砚石，乃以哦诗抱石，销磨岁月，其诗境凡三变，少慕清逸，中趋真挚，晚遂举其悲愤之心，托于闲适之致，乃至风月之吟弄，樵渔之歌唱，而其中若有甚不得已者。吾尝谓石友之材质，响使躬际承平，雍容雅颂，益以江山之助，良师友之切磋，何难轹宋轶唐，希踪汉魏，并世操觚之士，选声订韵者流，孰与抗手，则夫望尘不及，宁止缶庐一叟而已。遭时不偶，栖饮岩谷，不溺于诗，则将仰天痛哭，不可终日，此三巨册之遗诗，大部以不敝之精神，作无聊之感慨，是诚可为三叹，然而精魄有系，垂之无穷，长歌短咏，历劫不磨，吾故为之点定而不欲有所去取，愿以尽暴于天下也。虞山之麓，有俞君养浩，亦吾友也，石友在里中，与论诗，而行谊相合者，萧君幸语俞君，当不以吾言为不负石友于地下也。上元丁巳十二月，安吉吴昌硕序"。

石友自谓："闭门索居，人不乐予近，予亦不乐人近，惟与旧相知者酬唱简牍往来而已。"他的所谓相知，有翁同龢、吴秋农、沈绥臣、丁松生、萧中孚、金叔远、金石顽、章自求、徐进庵、俞养浩、潘质之、金病鹤、赵昔非、赵石农、张嗣初等，与昌硕为生死莫逆交，艺坛传为佳话。

石友生平所作，以诗为多，间治古文，气势磅礴而又渊雅有致。昌硕的儿子子茹从之为师。昌硕作画忙不过来，所有题画诗，动辄请石友代为。曩年昌硕大弟子赵云壑，搜罗他老师的遗墨，曾得昌硕与石友书札数十通，装之成册，什九是请石友题画的。昌硕不自骄矜，诗有时也请石友修改。昌硕一度官安东县令，仅一月即挂冠辞职，致书石友云："聋聩之人，居然登之堂上，自审殊可笑也。"并附一诗，石友即和诗答之。

昌硕尝冒雨赴常熟，访石友，即留宿其家，供馔有松蕈一簋，为常熟名产，厥味清腴鲜美，昌硕啖食，赞不绝口，此后石友经常以松蕈邮寄昌硕。石友嗜泗安黑麻酥糖，昌硕也经常以酥糖为赠。一次同登虞山，寻言子井，访桃源洞，携酒对酌。又品茗于逍遥游，上剑门，题名石上，作为鸿雪。又在拂水岩赏月，清辉流映，衣袂生凉，两人引为至乐。昌硕返沪，石友以诗送之，如云："葑溪两年别，虞山三日留。黄花约新赏，绿树迎凉秋。常联韩孟句，未同李郭舟。重阳风雨节，莫负登高游。"诗留在他的集子里。过了一年，石友又约昌硕赴苏，访沧浪亭、寒山寺、寒碧庄、拙政园，以及天平观笏，虎阜怀古，灵岩观韩蕲王碑，两人兴会飚举，也都有诗。

昌硕作画，觉得惬意的，便赠给石友，因此石友所藏昌硕的花卉画幅独多，有一幅达摩像，寓庄严于萧疏中，那是昌硕神来之笔。石友悬诸斋头，日夕相对，说是无边无相，也是无边友谊。原来石友学佛有得，他有悟彻一诗云："悟彻万缘都是假，何妨一笑暂为痴。”又严剑北赠佛经二部，石友诗以赠之：“莲花字字西来意，都是人间绝妙文。”又沾疾云：“为语病魔休苦我，此身已作等闲看。”在豁达语中参以禅理，是耐人寻味的。昌硕藏有瞿子冶陶壶，也赠寄石友。瞿名应绍，善书，兼工画兰。喜制陶壶，造型极雅，和陈鸿寿的曼生壶同为珍品。昌硕投石友所好，故赠之。石友胸脾有时发痛，昌硕常寄药酒给他治疗。石友为昌硕题饥看天图、芜园图、酸寒尉图、山海关从军图等。又制笔制砚赠昌硕。昌硕的《缶庐诗存》，石友为之校勘，石友的《鸣坚石斋诗钞》，昌硕为作序，又为题签。总之两人的友谊，不亚于古代的管鲍。

石友为人尚气义，其友陈君英，甚贫，石友留之家中，既死，为之殡敛，为作《贫士叹》。他看到明代天启六年御史徐吉审拟梃击缇骑揭帖，从揭帖中，知吴中义士不仅五人，此外尚有吴时信、刘应文、许尔成、杨芳、戴镛、季卯、孙丁奎、邹应桢八人，特把这八人姓名录存，作诗表扬。清季，那弹劾权贵获罪的沈北山，是石友的族人，北山入狱，行将被笞，做了一首诗：“识得君臣是大纲，不随群小蔽当阳。秋霜北海流芳烈，太白南星有谏章。沸鼎火难烧口舌，彤缨味不若桁杨。好将隔户鞭笞响，来试孤臣铁石肠。”石友很同情北山，做了一首《幽囚行》、《惜哉行》、《怀北山》等诗。北山疾笃，亲往探问，藤谷古香，撰了一部《轰天雷》小说，以北山为主人公，深惜没有提到沈石友。

石友作诗作画，往往借以讽刺，如题红梅云："心同松柏坚，色与桃花别。寂寞无人知，空山卧冰雪。"他认为杜鹃啼声，诗人以为其声如曰"不如归去"，那么布谷鸟啼，可拟之为"家家告化"，就演之为诗，有句云："家家告化何处化"，告化者，求乞也，无非借此讽刺清政不纲，民生凋敝。又他家庭院草丛中挺生五芝，黄紫随阴晴而变，有人说："此是祥瑞之品。"他叹道："国事岌岌，何瑞之有！"并作了一篇《灵芝咏》："莫惊炙手熏天势，终有烟消火尽时。"又，他的《元旦诗》中有不少伤时感事，寓意很深的名句。热天，蝉鸣聒耳，他作诗曰："只在梧桐杨柳枝，声声叫彻骄阳时，置身高处称知了，毕竟何曾一事知。"蝉，俗名知了，这是借题发挥，讥讽那些庸官俗吏。

石友善琢砚，曾以一砚刻昌硕小像贻昌硕。又富藏砚，数以百计，庋之笛在月明楼。自谓"诗可言志，砚以比德"。作了洗砚图、品砚图。又藏徐俟斋、傅青主、黄太冲、吕晚村、黄晦木、李是庵六砚，拓制一卷，昌硕为题"砚林六逸"四篆书，砚背自镌小像。又自撰《生圹志》，也刻在砚背。又得一绿石小砚，砚池琢龙马负图状，极工，且有铭："以静为用，是以大年"，下刻"康熙宸翰"小玺，可见是大内之物，他配制一匣。翁松禅又赠他蝉腹砚。他还得到明遗老金孝章铭砚。最珍希的有：玉溪生像砚、陆包山刻；宋乐籍阿翠像砚，阿翠为苏翠，工画墨竹，擅分隶书，有马湘兰题诗，石友自题拓本："玉溪风貌如花蕊，阿翠才情胜柳枝。若使两人生并世，定将罗带换新诗。"又张寅琢砚入神品，石友得其一，琢有怪石长松，一髯濯足溪流，貌似翁松禅。其他有宋女词人李清照砚、明葛介龛姬人李因砚、黄文节像砚，侧刻五凤楼印。明遗民乙未居士摹残碑砚，其中昌砚刻铭者三十方，刊有《沈石友砚谱》，凡四册，逝世殉葬，并将鱼脑梵文二砚及李檀圆铭砚同埋。解放后，二砚出土。

石友多画友，除昌硕外，尚有张子祥、吴秋农、蒲作英、陈伽庵诸子，故石友亦能丹青，画以梅花为多，也画些松、菊、葫芦、佛像，间或画马，都很朴古。赵石农画颇类似石友，原来石农为药店学徒，晨昏临摹碑帖，不为店主所喜，被斥逐，却得石友的垂青赏识，留之家中，指导金石书画，并介绍拜昌硕为师，培植熏陶，所以，他的画就有他们的风格。又常熟的陈端友，以九龟荷叶砚，名驰南北，也得到石友的启迪（九龟荷叶砚，今藏上海市博物馆）。

诗人朱大可友谊可风

曩年《金钢钻报》和《晶报》,同为海上小型报的巨擘,《钻报》执笔政的有五子之号。所谓五子,即陆澹安、朱大可、陆士谔、顾佛影、施济群。曾几何时,这五子都先后下世,无一存留。

朱大可与顾佛影,都是擅诗的,尤为相契。当壬寅日寇侵华时,佛影供职上海商务印书馆的涵芬楼,为了往返便利起见,就近赁居虬江路。及祸难作,闸北大火,不知佛影生死存亡,大可只得在报上登招寻广告。大可是诗人,这广告也用诗的语言,是怪有趣的。略谓:"我友顾佛影,世籍隶江苏。身材颀而长,面黑无髭须。为人颇脱略,自谓嵇阮徒。所居虬江路,适当战火区。寇至或已去,未必守故株。但虑道涂间,颠踬无人扶。又愁饥饿余,庚癸空号呼。世有君子人,博爱如耶稣。流亡载道中,曾见此人无?"可是这广告没有效果,还是音讯杳然。大可以为佛影已牺牲于枪林弹雨之中,为之痛哭失声。幸而寇兵不久即撤,佛影避难南市,和大可把晤,一时惊喜交集,从此诗酒往还，相契更深。

第二次寇难，佛影居住松江，便由松江走宜兴，又由宜兴趋大通，溯长江，抵重庆，又复在乐山、成都等处担任教务，藉以糊口。胜利后，佛影东还沪上，不料被车辆所撞、折其胫骨。这时佛影还没有定居，大可得讯，立即舁之来家，特辟一室，设榻其中，并请伤科名手石筱山为之治疗，每天供奉饮食，悉心调护，这样经过一百二十天才愈。大可没有一些德色，又复介绍一个学校，使其重执教鞭。

解放初期，佛影患癌症，移居中山路村舍间，大可时常驱车十余里前往慰问。乙未七月初六日，佛影病死，大可抚尸一恸，既而收罗其遗诗，录入其所著《诗坛纪旧》中。我转录其一二如下。《夕阳》云："一角危栏入望赊，柳丝苦不系年华。白描北苑靡芜国，黄到南湖燕子家。立马有人惊岁晚，挂帆何处认天涯。墟烟渐起牛羊下，剩有余明恋碧纱。"《避寇》绝句云："乱离那得太平车，多踏斜阳亦复佳。老子无家儿失乳，共持余命向天涯。"这许多诗，都是佛影《大漠诗人集》的集外作品。

大可笃于友谊，《诗坛纪旧》所纪都是他平素交往的师友事迹，既属诗话，又类笔记，很饶风趣，可惜没有刊布，公诸同好。我就向他借来，摘录其中几则，聊备一斑而已。记金坛冯梦华云："冯任四川臬司，省人方议筑铁路，有外国工程师至。每逢总监藩司，皆开正门以迎，及谒臬司，冯笑曰：此外国铁匠耳，令从偏门入。”按前清官吏，媚外成习，冯梦华此举，的确出人意外。听说后来外国工程师大不高兴，往诉外交部。这时张之洞大权在握，很欣赏梦华的才能，没有难为他。又记吴昌硕云：“昌硕不嗜饮而好啖大鱼头，有招饮者，辄以大鱼头之有无卜行止。酒酣以往，时发谐语，有以缶庐之取义为询，吴自指其面曰，此象形也。阖座为之绝倒。”按吴以缶庐为斋名，面形似缶，取以博笑。又记周梅泉云：“周梅泉好集邮票，有某邮票，世界只剩三枚，梅泉得其二，英皇乔治得其一。乔治尝致函梅泉，请游伦敦，以资观摩，梅泉婉谢之。又好蓄新罗山人画本，横幅立幅，不下百帧。又好购意大利雕像，书斋卧室，列置皆满。”又记天台山农云：“山农舅躯干伟岸，不能饮酒而嗜脍炙，每餐能尽豚蹄三四具，或肥鸡二三头。至于蒸卷烧卖，则恒以百数计。又尝与康更甡论书法，康曰：每碑至多临十日，便可弃去。舅曰：此先生之所以为圣人也！康又自谦其书不如沈寐叟，舅曰：此圣人之所以为先生也！”按山农，刘姓，字介玉，是大可的继母舅。康更甡即康有为，素有圣人之号。又记天虚我生云：“天虚我生，姓陈，名栩。晚年止酒，则嗜卷烟，自晨至暮可尽大英牌一百支，而火柴则仅耗一枚而已。”我想吸百支烟，火柴仅耗一枚，未免过甚其辞，但由此可知他吸烟一支接一支不停吞吐哩。又记康竹鸣云：“康竹鸣吟诗作画之余，尤好游艺，尝取昆剧中之冠履道具，一一缩为径寸之物，貂蝉兜牟，弦琴孔笛，具体而微，一丝不苟，每以两物置一碟中，令人猜之此为何剧？昆曲先辈徐凌云、俞振飞见之，极为叹服。”又记陈寥士云：“陈寥士好游山，一丘一壑，一亭一塔，必以入诗。又好结客，一酒一饭，一琴一弈，亦必以入诗，故四十年来，单云阁诗几超放翁而追诚斋。”又记朱蓉镜云：“朱蓉镜，名西医也。好酒亦好诗。某岁，余患咳嗽，就诊于君，诊毕，余问可饮酒吸烟乎？君曰：饮酒可，吸烟则不可。后复就诊于陆士谔，又问可饮酒吸烟乎？士谔曰：吸烟可，饮酒则不可。盖蓉镜嗜酒而士谔嗜烟，推己及人，宜有此答，余遂饮酒吸烟如故，不数日咳疾亦愈。”按大可以饮酒吸烟过度，乃患下肢瘫痪，继之肺癌，八十岁逝世。这《诗坛纪旧》所载轶闻很多，未能尽录，且每条有诗，诗甚隽雅，尤难搜采，稿本现存其哲嗣小可处。

瞿兑之学有师承

长沙瞿子玖，为清同治辛未翰林，官军机大臣，慈禧后见了他，不觉垂泪，以其貌和同治有虎贲中郎之似。同治为慈禧后所出，在位十三年卒。当子玖逝世，冯蒿叟有联挽之："寝寐念周京，逸社诗成，每集逋臣赋鹃血；音容疑毅庙，旧朝梦断，应追先帝挽龙髯。"毅庙即指同治而言。我认识子玖的哲嗣兑之。一次闲谈，我询问他："尊容是否与令先尊相肖？"兑之答以酷类，因此我作非非想，看到兑之，也就仿佛见到所谓皇帝的"龙颜"了。

兑之名宣颖，号蜕园，为宣朴之弟，宣朴以羸疾终其身，无所建树。兑之幼从张劭希读，辨许氏说文，十二岁毕读诸经，就试译学馆，成绩优异，列第五名，学英文、算学，治舆地，中外地名，背诵似流。这时，王湘绮、王葵园两名宿时来访子玖，兑之随侍在侧，便请益于两名宿。他偶作《水仙花赋》，雕辞琢句，以骈俪出之，子玖见而色喜，出示曾广钧，曾病其杂而不专，他就秉受父命，从曾为师。可是他于学还是力求宏博。母亲能古琴，他得琴与琴谱，即日习之，能理数曲，沨沨其和，渊渊其深，居然能手。他的外舅聂缉槼中丞，在子玖前力誉湘人尹和白画艺之高，他又执贽于尹氏。初作兰竹，楚楚可观，继授墨梅，尹氏圈花点蕊，异常审慎，说此为杨补之画梅法，当悉心揣摹，毋效冬心两峰的流于侧媚。因此兑之作画必力守规范，从不随意涂抹，且所作较少，得者更为珍视。尹氏擅画，而书法非其所长，题画往往请兑之代笔。兑之书法遒美，有晋人风，古人所谓："即其书，而知其胸中之所养。"不啻为兑之而发。谙英文，一度重译《旧约》，又涉猎希腊、拉丁、俄、德、法、意诸国文字，有意负笈西游，结果没有成为事实。

兑之早年享荫下之福，居长沙朝宗街，为一巨宅，有息舫、虚白簃、超览楼、湛恩堂、赐书堂、柯怡室、扶疏书屋，双海棠阁，是他读书处。他著有《故宅志》，谈及双海棠阁，谓："一生所得文史安闲之乐，于此为最。每当春朝畅晴，海棠霏雪，曲栏徙倚，花气中人。时或桐阴藓砌，秋雨生凉，负手行吟，恍若有会。"的确，这种环境是很难得到了。后来他赴北京，任国务院秘书，外交委员会秘书长，国史编纂处处长，居黄米胡同，宅中复有红白二海棠，花发繁茂，有似锦幄。他认为平生踪迹，若有因缘，名之为后双海棠阁，请黄宾虹绘图，且把湘宅藏书，辇运来京，然已散落大半，重理丛残，榜之为补书堂，著有《补书堂文录》、《补书堂诗集》。

兑之藏有其父子玖的《超览楼修禊集诗》，请齐白石绘《超览楼禊集图》，图末有白石题识，略云："辛亥春，湘绮师居长沙，余客谭五家，一日湘绮师笺曰：'明日约文人二三，借瞿氏超览楼宴饮，不妨翩然而来'，是日饮后，瞿相国与湘绮师引诸客看海棠，且索余画禊集图，余因事还乡，不及报命。后二十七年，兑之晤余于燕京，出示禊集诗，委余补此图。"此图兑之珍藏有年，奈在兵乱中散失。后来朱省斋在搜集文献中辗转得原图，兑之见之，为作一长跋，详纪其始末。

兑之的著述，有《杶庐所闻录》、《晚抱轩笔谈》、《四山簃诗话》、《中国社会史料丛钞》、《人物风俗制度丛谈》。他平素喜读人物掌故一类的书，所以他也爱写随笔，偏重于人物有关的史料。认为这与著述能力有很大的关系，他说："同一记事而有工拙的不同，工于记事的，能把握一事的中心，自然易得其真像。不然则所记者皆枝叶零星，而离事实愈远。近人每以为就某一个有名的人作一番问答，便可得到些掌故。譬如赛金花的生前，就很有人喜欢向她打听她的身世，笔录下来，便成好材料。殊不知赛金花这样的人，不是真能谈天宝遗事的，倘竟以她信口所谈为根据，则未免出入太多。著作的高低不仅在执笔的人，也要看他所从听受的人，是否够得上供给良好的著作材料。"他对于同时写掌故的，最推崇徐一士，一士撰了《一士类稿》，兑之写了一篇很长的序文。他又和燕谷老人张鸿熟稔，张鸿所著的《续孽海花》，首先就在他所辑的《中和杂志》上发表，后来刊为单行本。那黄秋岳的《花随人圣庵摭忆》，最初载于《中央时事周报》，由于秋岳之弟澄怀加以整理，兑之设法刊印单行本，以纸张紧张，仅印了一百部。后来香港刊行的单行本就是根据兑之的印本。

兑之为一书卷气十足的旧式文人。对人很和易，有一次，邓樱桥家宴，邀了兑之，我叨陪末座，他进肴不吃肉，据说他的尊人子玖是不喜吃肉的，他就养成了这个习惯，这时樱桥座头，置有刘麟生的《春灯词》，大家就谈到刘麟生的作品，麟生字宣阁，以《春灯词》著名，因称他为春灯词人。樱桥请教兑之，《春灯词》作何评价？兑之一笑说："宣阁多才多艺，恐他的长处不在词上！"说得何等含蓄，直到如今，我尚留着很深的印象。兑之晚境坎坷，所居窄隘不堪，戴禹修去访他，有一诗云："有客时停下驿车，入门但见满床书。两三人似野航坐，斋额应题恰受居。"我也到过他的寓所，同具此感。一自十年浩劫，把他打入冤狱，判决徒刑十年，他闻判叹了口气说："完了！完了！"不及拨雾见天，瘐死狱中，果真完了，年适八十。四凶垮台，得平反。

丁云亭创办尚古山房

目前文化事业，正在蓬勃发展，新书的出版，古籍的重印，有似雨后春笋。人们回忆以往的书店，写文章在报刊发表，不厌求详。我认为这样做确是当务之急，因为过去的事情目前已很少有人知道，再过若干年，我们上年纪的故世，后人也就什么都不知道了。

大家都听说："上海的四马路（现在的福州路），是一条文化街。"可是在清末民初，那新马路（一名派克路，现为黄河路）有一条弄堂叫做德华里，这一带也称小文化街。原来那儿有许多书店，如章福记、昌文沈鹤记、共和、鸿文、尚古山房等，都设列其间。还有几家印刷厂及装订作，都是为这些书局服务的。

那高插云霄的国际饭店，在南京西路，凡是来到上海的人，总得瞻仰一番。这国际饭店的英文名称 Park Hotal，就是根据派克路取名的。尚古山房的招牌，请末代状元刘春霖书写，后来又请谭延闿书写，为书店群的翘楚，即设在国际饭店的北面，相距约一百米左右。但在国际饭店建成以前，德华里的房屋，以年久翻造，许多书店，闭歇的闭歇，分散的分散，尚古山房也搬到牯岭路人安里继续营业，维持的年份较久。

尚古山房的主人丁云亭，原籍无锡，其兄云泉是习医的。云亭于前清光绪年间，任职陆建山(其女即陆小曼，为诗人徐志摩夫人)所设的经世文社。既而章宸荫开办章福记书局，就聘丁云亭(丁是章的侄女婿)担任总经理，付以全权。由于云亭经营有方，业务大有发展，数年间，全国各大城市均设有分店，拥有数十万资金。章因此对云亭给予特殊的待遇，并允许他也办一所出版机构，那就是尚古山房。云亭当初兼任两家总经理，不久，尚古山房各地也设分店，业务忙不过来，便辞去章福记，专力主持尚古。云亭和宋耀如相稔，宋在北四川路武昌路附近开装订作，尚古所出的书，大都由宋氏的装订作装订。那宋氏与倪氏结婚，所生的子女，就是宋子文兄弟及宋庆龄三姊妹，都是赫赫有名的人物。

尚古山房起初专印字帖，当时拓本及珂珼版碑帖，价格高昂，每本需一二元至数十元，一般人购买力有所不及，尚古石印的字帖，廉价仅几分钱至一二角钱，深受社会欢迎，对普及书法和推广文化，起了很大作用。尚古为什么定价这样低廉，是否要赔本？云亭有他的一套办法。他一方面自己办印刷厂和造纸厂，即油墨等等，直接向国外定货，少掉中间剥削，成本减轻，且实行薄利多销，既畅销全国，还远至日本、朝鲜、越南、新加坡及南洋一带，只要通行汉文及有华侨居处地，都有尚古山房的字帖经销。华侨不忘祖国，都要凭着字帖练习祖国的毛笔字，尚古的营业额，也就岁有所增了。发行量最大的，如柳公权的《玄秘塔》、欧阳询的《九成宫》、颜鲁公的《家庙碑》。又于右任写的《大将军邹容墓表》，陆润庠写的《钱母蒯太淑人传》等，也有相当的销路。此后尚古山房还印行《四书》、《五经》、《古文观止》、《唐诗三百首》、《千家诗》、《康熙字典》、《三国演义》、《西厢记》、《红楼梦》、《水浒传》、《列国志》、《小仓山房尺牍》、《秋水轩尺牍》，以及《三字经》、《百家姓》、《千字文》、《神童诗》等启蒙书和医卜星相等书，应有尽有。更印彩色画片、贺年片，都属于他的营业范畴。云亭又与钱理甫为忘年交，同印善书送人，如《坐花志果》、《劝戒录》、《格言联璧》等，增加了印行的品种。云亭由同业公会推举他为会长，又书业联合会会长，做了些公共福利事宜。直至一九四七年云亭逝世，其子丁浩，克绍箕裘，继承父业，仍以普及文化薄利多销为主旨。解放初，旧籍一度销路碍滞，既而苏联翻译了《西厢记》，古典小说，又复有些起色。到了一九五六年，全国实行公私合营，尚古山房联合其他书店，开设古籍书店于上海福州路，业务大大发展，成为收购与供应我国古代典籍的专业书店了。

书隐楼后人郭俊纶

谈到上海的古迹，南市有一座日涉园，为《四库全书》总纂陆锡熊的旧居，竹素堂为园中建筑之一，迄今该处尚有竹素堂街的名称，但名存实亡，当时的园和堂，一点痕迹也没有了。附近有书隐楼，这是乾隆癸未榜眼沈初号云椒的住宅。沈初任《四库全书》副总裁，和陆锡熊同主纂政，这个宅子，可能是由陆氏介绍沈氏购下来的。可是好景不常，宅易主为赵氏所有。据老上海孙玉声的《沪壖话旧录》（连载《金钢钻报》上，没有印成单行本），谓赵氏为赵名照，奈县志无考。赵氏后人亦式微，售给郭福田，时为光绪七年（一八八一年）。

我认识的郭俊纶，是郭氏的第四代，其高祖生四子，第四子无后嗣，前三子各生一子，俊纶是长房的第三孙。他毕业于交通大学土木工程系，喜研究古代建筑。日前他专诚邀我到书隐楼作客，细细参观了一下，庭除间有黑松、水杉、广玉兰，森然超出楼檐，蓄着几盎红鱼，颇具逸静之趣。到处都是砖刻，经过十年浩劫，破坏了一些，一度做过工厂，又破坏了一些，尚有残余的部分，还是值得欣赏的。俊纶出示所藏的《苏州砖刻》一书，略一展阅，觉得苏州的砖刻虽很丰富，但线条粗，所刻人物有形态没有神态，终逊此一筹。若干年前，我在故乡苏州，曾目睹冯桂芬旧宅的砖刻实物，对比一下，苏州的好像登泰山仅到了扇子厓，这儿却已上升至南天门了。那库门头有"古训是式"四字隶书，左右围绕着立体式的砖刻，中间为西伯昌访贤的故事。右侧是穆天子朝见西王母图，左侧是老子骑青牛出函谷关为关令尹写书图，层次井然，即纤细的人物，面部都有表情，栩栩如生。惜乎太高，为了一饱眼福，仰首上望，颈项都酸楚了。那连琐图案的砖刻花窗，及精雕的一块砖碑，砌在堂庑间，都是艺术珍品，游目所及，处处令人惊叹。所刻的有松鼠葡萄、凤穿牡丹、八仙过海，《西厢记》等的戏剧，以及吉祥讨口采的三星祝寿、五福临门、喜上眉梢等等，可谓雅俗共赏。那艺术性最高的，为两面刻的一个漏窗，正面是嶙峋的山石，反面是人物，二人持弓逐鹿，仿佛目今的两面绣，疑出神工鬼斧。当时建造该屋，技术高超的匠师，后来都被皇家招去修建宫廷御苑。匠师的水平，由此可见一斑。当时曹荻秋市长曾往一观，甚为称赞。在动乱中，这个精巧的漏窗被毁，幸留有照相，可是再没有这种巧匠恢复原状了。

登上书隐楼，那是沈初偃息读书之所，楼四面可通，俗称走马楼，坐落在二进二楼中央。所有窗棂栏槛，都是雕章缛采的木刻，刻着如意、八骏、瓜果、花篮等图案，有些门户，是银杏木的。总之，来此如登宝山，令人荧煌目转。在主人引导之下，到了毓瑞堂，主人告诉我，毓瑞堂是主要的建筑物，匾额是吴中潘文勤公题写的，如今堂额尚在。其他尚有轿厅、船厅、话雨轩等建筑，更无形迹可寻。可是大门口有一宋代古井的井阑，形式和苏州沧浪亭的北宋井阑完全一致，足证这件东西，为远在上海设县之前就有了。

俊纶居住城内数十年，颇多考证。他写了一篇《上海豫园》，又摄存了许多照片，有静宜轩望快楼，听鹂亭前跨虹桥，仰山亭望大假山，及玉玲珑、点春堂、万花楼、水墙环洞等。他又绘了一幅豫园全景鸟瞰图，这个图颇有历史考证价值。他是依据乾隆县志上的邑庙西园图，结合同治重建的点春堂一组建筑，及二十多年前在三穗堂东面新建的园林建筑。又三穗堂西南沿湖一带，那是根据鸣社诗人顾景炎旧藏嘉庆间工笔画家孙坤的画卷，这一画卷用界画保存了从三穗堂东的万花深处，流觞处、香石亭、廊桥、濠乐舫一带景色，和湖心亭、九曲桥的原状，还有飞丹阁的檐角，在园林史上占着重要的一页。据俊纶所知，当年除日涉园、豫园外，尚有宜园、省园、素园、非园、吾园、风树园、半径园、思敬园、也是园、露香园、水竹居、一粟庵、柱颊山房等，有些他曾一度游观，留着深刻的印象。他认为中国古典园林，有如一篇有节奏的乐章，各个个体建筑之间，建筑与山池花木之间，前后左右，起着陪衬对比作用。主题突出，层次分明，游人自园门入内，便觉步换景移，观赏不尽。现在的豫园，已经毁败，建筑群间缺乏了有机的联系，主次难以分明，尚须填空补缺，俾得恢复整个园林的布局。

钵水斋头韵事多

记得曩年苏渊雷住居沪西，和朱大可的耽寂宧相密迩。大可在渊雷的《石影集》有那么一段识语："君家上海长乐路，有海棠三本，奇石数峰。每招宾客，醉吟其间，颇有顾阿瑛玉山遗风。诗境自好，诗笔自工。"这个环境是多么的清幽可喜啊！在这清幽环境中，我曾作座上客，且为我们两人订交之始。那时会晤的，朱大可、潘伯鹰、李拔可、李释堪、夏敬观等，一堂济济，谈笑风生。距今二十多年，诸老都先后下世，回首前尘，能不怆然兴叹？

苏渊雷，名中常，字仲翔，别署钵翁。一九〇八年生，浙江永嘉人。生四岁，父亲故世，靠母亲抚养，灯影机声，过着凄苦的生活。母喜吟哦，因此他六岁，即能背诵《诗经》"采采卷耳"及唐人"春眠不觉晓"绝句。他的外祖父徐笛秋，家有园圃，滋兰培菊，饮酒赋诗，固一风雅之士，教之读书。直至十三岁，乃进南雁荡山的会文书院，认识了蔡思牟。后和思牟一同参加革命，思牟死难，办案者以他名中常，且又苏姓，便指为是"苏维埃中国共产党常务委员"

的缩名。于一九二七年，被系杭州陆军监狱，狱中凡七年，一九三四年六月十七日，始得恢复自由。在狱中不废吟咏，又著《易通》一书，因此张冷僧赠他一诗："幼是孤儿长楚囚，文章始信出穷愁。从容典雅渔洋在，莫学黄郎雪满头。"

他足迹半中国，到处留题，上黄鹤楼，泛洞庭湖，渡湘水，溯嘉陵江，过咸阳桥，探乳花洞，越秦岭，游燕子矶，登大雁塔，驻三门峡，访工部祠堂，逭暑屏风山。解放后，出关讲学哈尔滨，踪迹无定，有谣传他作古的。近年始应聘华东师范大学，任历史系教授，才得安砚定居。

我和渊雷暌隔多年，很想和他谈谈，一倾阔衷。恰巧沈伟方来，伟方是经常访渊雷的，便伴了我同去，孙女有慧随往，着登钵水斋，欢然握手，并晤见了他的夫人。那钵水斋三字匾额，还是沈尹默的遗笔。壁间书画，琳琅满目，尤其一幅墨梅，枝桠疏疏，花朵点点，但题的人很多，简直把画隙都写满了。原来这是他偶尔涉笔，所谓文人画，不讲法度，而是充溢着逸韵的。既而备了酒肴，请我入席，这个方桌，质朴得很，他告诉我，这是他先祖母随嫁的遗物，已成仅存的硕果，所以特别珍爱它。因此他在四角分绘着梅兰竹菊，然后再髹上广漆，所画也就不易抹去了。这时所斟的是闽中名酿"蜜沉沉"，这酒是甜的，他不过瘾，自己饮着高粱酒。他知酒性较烈，每酌以一杯半为限。于是边饮边谈，谈到莲坨词人朱大可，谈到孤桐老人章行严，又复谈到小说家张恨水，谓："恨水的《啼笑因缘》这本小说，是在狱中阅览的，印象特别深。今日回忆，那关寿峰、关秀姑、沈凤喜、何丽娜这些人物的神态，还是涌现在面前。"我既醉且饱，环看他的室中，很多盆栽，那傲霜的菊花，更倜然有凌轹秋芳的意致。又有一大盆高等于人的植物，叶子是厚厚的，光泽可喜，问了他，才知是棵橡树。最逗人喜爱的，笼中蓄着一头德国芙蓉鸟，羽毛茸茸，作殷红色。鸟语花香，构成娴静雅适的环境，憩息其间，几不知门外尘嚣若干丈哩。

我索观他所藏的尺牍，他每人汇装一袋，均一时名流。尤以潘伯鹰、钱钟书、陈铭枢，李拔可、李苏堂、陈蒙安给他的信为伙。我又索观了他的诗稿，总称《钵水斋诗》，内分《玄黄集》、《听鹃集》、《鞭影集》、《娄尾集》及《大战杂诗》，附有诸家评语，如汪旭初云："不矜才华，不堕理障，而才与理俱足。钵水著书成一家言，于诗亦然，畏服畏服。"胡光炜云："沉思独往，悯物咰悲，古狷者之言。"程学恂云："包孕闳深，风骨遒上。入秦后诸作，尤见笔力雄健，洵文字得江山助耶！以君乡诗格论，固已远轶四灵矣。循诵再三，不忍释手。昔率更见索靖书，至卧旁不能去，吾于君诗亦然。"评语累累，多不胜纪。我在他的集中，翻到一首绝句："不须闻笛怨飘萧，取次春风拂灞桥。百尺柔条千尺水，未曾断送是明朝。”我讽诵了几遍，认为风神独绝。沈伟方对我说：“这首诗，渊老自己也许为得意之笔。”我知道他尚藏有“苏东坡墨妙亭诗残刻十七字断碑砚”，经过明王阳明、黄石斋及清潘祖荫、袁爽秋、王仲夔收藏，民初在杭州杨见心之丰华堂，解放后，供养钵水斋中，为唯一长物。可是座有他客，不便多扰，只有留待下次瞻赏了。

他著述等身，据我所知，有《钵水斋丛书》、《名理新论》、《读史举要》、《论诗绝句》、《白居易传论》、《天人四论》、《民族文化论纲》，以及《经史文综》、《元白诗选》、《李杜诗选》等等。他又深通佛学，任上海佛教协会副会长，他曾这样说：“魏晋以来，一些著名的诗人和学者，如谢灵运、王维、柳宗元、白居易以及宋朝的苏东坡、黄山谷等，无不与佛学有着不解之缘。佛学的输入，不仅扩大了诗歌的题材，丰富了诗歌的语言，还开创了诗歌的新境界和新格调，使诗歌能于玄言、山水、田园之外，伸向理趣的新天地。”中华书局便请他点校七十万言的禅宗语录《五灯会元》。

渊雷为常州谢玉岑高足，和他交往的，觉得平易近人，没有些儿傲岸气，但在学术上有所争执，那就断断不肯下人，便别有一种面目了。

谢刚主二三事

安阳谢刚主老人，今年八十一高龄了，他还是不惮跋涉，到处访书，著述等身，钩元提要，真可谓老当益壮。他寓居北京建外永安南里，插架三万几千册，坐拥书城，深自矜喜。他的女儿和女婿在上海工作，每逢岁时令节，总要接他老人家南来团聚。原来谢老鳏居多年，女儿在复旦大学任教，有宿舍可以供奉老人家憩息安砚。那儿半村半郭，远离尘嚣，有这样好的环境，他也就把婿乡当作第二家庭了。

刚主名国桢，别署罗墅湾人，原籍江苏常州。祖仲琴，寄籍河南商丘，晚年驻迹洹上，他随伺读书，就作为安阳人了。稍长，负笈春明，毕业于清华大学，终身从事教育工作，又潜力文史研究。先从吴闿生游，后为梁启超的高足弟子。他孳孳矻矻，不忘师门，所以他有二句诗："回忆当年空立雪，白头愧煞老门生。"著述有《明代社会经济编》、《锦城访书记》、《江浙访书记》等，这一系列的史料书，不久可以问世。

据他自己说：他三十岁时，为了编撰那部《晚明史籍考》，曾经到江浙和东北大连沈阳等地去访书，这是访书的开始，距今已半个世纪了。他的访书，涉及的方面很广泛，无论是政治、经济、考据、词章以及科学技术、文艺美术各种的佳本，和罕见的书籍，他都喜浏览，借此作为古为今用的资料。他看到上海东方图书馆的被焚，常熟瞿氏铁琴铜剑楼、南浔刘氏嘉业堂、平湖葛氏传朴堂所有藏书的凌替，便写了《三吴回忆录》，记载了这些藏书家的事迹。那部《江浙访书记》，是近一二年来的访书记录，因经过四凶摧残，藏书损失是很大的，拨乱反正后，百废俱兴，罗致检收，渐行恢复。他在访书记中，介绍了明清史籍二百数十种。他看到了苏州怡园主人顾鹤逸的旧藏本，天一阁的明钞本，以及南京图书馆的许多传钞本。又有许多没有印行的手稿本，如上海图书馆收藏的焦循《理堂书跋》，南京图书馆的明季徐增《池上草》，扬州图书馆的清王心湛《缶林文集》等。尤其引人注目的，是画家新罗山人的《离垢集》稿本，藏于浙江图书馆，诗作闲适冲淡，功力很深，倘把它印行流传，可与郑燮的《郑板桥集》，金农的《金冬心集》，罗聘的《香叶草堂诗集》，成为四美俱了。

刚主健笔如飞，看到稿本，往往钞录副本，卷帙多的，也摘录若干部分，总之，他不惜精力和时间。他又是考古学社的社员，旧时北平图书馆金石部主任。近年来，大量的出土文物，更提高了他的兴趣，并扩大了他的视野，在碑刻文献上作了进一步的探讨，撰有《读汉魏碑刻题记》。他个人收藏的汉碑几乎十备八九了。砖瓦拓片，也占有相当的数量。

他执教开封河南大学及南京中央大学有年，桃李满天下，所以他四出访书访碑，常能获得意外的照顾和助力。他的俸给也较优厚，每月收入，百分之三十供膳宿杂用，百分之七十化在买书上。每次逛书铺，总是挟着几册图书，施施然回家，很是得意。他对于图书的识别力，超过一般书贩，很便宜的买得人弃我取的书，常有珠玑当作砂砾，良玉当作碱砆，他就如识宝的波斯奴，捆载而归。如化六角钱买到光绪初年上海制造局最早的铅印本《水窗春呓》，三元钱买到金坛从未刊过的许多稿本，因此朋友们和他开玩笑，称他为“谢三元”。他和郭橐驼一般，有名我固当之概。他在苏州，以数元买到飘隐居士许锷的《石湖櫂歌百首》稿本，又以八元买到手稿及刻本稀见的笔记小说八种，其中一本是杨乃武与小白菜一案的资料，对于清廷的黑暗政治是足资证考的，他的书越聚越多，邺架摆满了几间屋子，即就笔记而言，已有二三千种。甚至北京图书馆和他作一预约，将来不需要这些书时，让给图书馆，以供众览。他慨然允诺，且准备编一书目，并附提要。

谢老能书，笔致遒秀，骤看几乎不辨出于老年人之手，同济大学建筑系教授陈从周，擅画花卉竹石，画上总要请谢老题上几个字，便觉相得益彰。谢老又能诗，诗很清新，但他率意为之，纯任自然，打破此道的清规戒律，别有一种风格。他每获稀见的书，动辄在书页后面，撰写跋语，更附着一二诗什哩。

一代艺人冯春航

柳亚子的“上天下地说冯郎”，冯郎就是指冯春航而言。春航生于一八八五年，艺名为小子和，以别于京剧青衫的常子和。在民初，红氍毹上小子和的声誉非常子和所能及。他的扮相和演艺，的确有独到处，享名不是倖致的。

春航有鉴于旧社会轻视伶人，凡学校招生，例定倡优隶卒的子弟，不准入正规的学校读书，所谓“优”即优孟衣冠中人。后来无锡俞仲寰、廉南湖（泉）等，在上海创办文明书局，附设文明小学，秉着孔仲尼“有教无类”的垂训，打破此例，京剧演员夏月润的儿子，便在该校读书。但文明小学，是为文明书局职工的子弟办的，不能例外多收其他学生。且一些伶工颇多自己失学，尚需学些文化，子弟的读书，更不必说了。况即使有读书门路，也付不起学费，只得抱向隅之叹。春航身为伶工，时于同道深为体恤，毅然斥资办一伶界义务半日学校。我友汪仲贤知道春航办学的经过，为迓该校收录的学生，不限年龄和资格，凡是伶界中人，都能去读书，一切经费，均由春航负担，他又自任校长兼教师。有时聘请一些名人来讲课，这时春航自己也会坐在课室中当学生。因不限年龄，学生中年岁最大的，有将近五十的宋志普，有已成名的赵桐珊，他和荀慧生、尚小云为师兄弟，艺名芙蓉草，声誉是很高的。除了各戏院的演员外，尚有许多管箱的，和演员的跟包来当学生，春航也给予平等看待。学生由十数人至数十人，直至一百多人，春风时雨，表率同伦，的确是很难得的。

他自己好学不倦，柳亚子介绍他参加南社，乃从同社张冥飞、陈越流学诗，一经指导，即能吟咏。《南社丛刻》载其湖上诗云："此日别杭州，何时续胜游。山灵如识我，再放木兰舟。"又彼在杭州演冯小青一剧，且凭吊小青墓，有诗云："小青遗迹尽徘徊，若梦浮生剧可哀。千古湖山一荒冢，曾移明月二分来。"又忆孤山："柔风细雨黯杭州，遥忆湖山幽处游。长笛一声云际落，恍闻嫠妇泣孤舟。"冥飞有附识："春航学诗于越流，有巧思而句不能工。五月余晤之于孤山，以留别诗见示，因为改定，并言作诗之法，不外眼前景物，雕镂而成。今重晤春航于沪，则已自立课程，颇能致力，又前者孤山之游，景物良佳，而春航苦不能收束于绝句中，余使试用前韵，连缀成句，酌易数字，居然合作矣。识此以见春航之会心。"春航又努力学书，亡友朱剑芒著有《南社感旧录》，述及其事："春航喜研习书法，自与余相稔，时以晋唐以来之书学相叩，余以学书当先识篆隶告之，春航遂遍购隶篆法帖，请余指导笔法，余遂以门下士贺君所赠之北宋拓石鼓文转贻之，春航得之狂喜，临摹三月，居然有神肖处。嗣复习绘事，闻海上书画会副会长黄克明君，执贽往谒，坚邀余作介，既晤，黄嘱试涂木芙蓉数叶，许其能，约翌日授艺，及复往，则黄于午夜急疾暴卒，正阖室举哀，吊客盈门矣。春航亦哭于灵前，尽弟子礼，黄之家人，以春航实未一日受业，欲璧返其贽仪，春航曰：我实不幸，弗获承师教，师固面许我立门墙矣，却我贽仪，不将使师生名义湮没耶！闻者莫不叹春航之知礼！”春航一九四二年逝世。我曾见其遗墨，一为朱大可作屏幅，一为钱化佛写纪念册，一为诗人陈微明书扇，陈诗以谢之：“清风生坐隅，美人贻纨扇。颜色日益新，交亲日益故。”春航子玉珍，媳魏黛珍在南京，犹与我通问。

汪优游演戏撰小说

汪优游，江西婺源人，名仲贤，有时署UU，为优游的译音，是画家汪仲山的弟弟。可是仲贤不能画，仲山不能演戏，虽属同气连枝的弟兄，而是各走各的路，所谓"道不同不相为谋"。

上海大南门有苏颖白所创办的民立中学，汪优游就是该校的学生。这时新剧在日本，已有李叔同、欧阳予倩等所组织的春柳社，演《茶花女》、《黑奴吁天录》等。学校举行校庆及其他纪念活动时，试演那么一二出自编自导的新剧，务本女学和民立中学，就是最先开创这种风气的学校。苏校长尊敬孔夫子，每年逢孔子诞辰，辄由学生演着新剧，热闹一番。优游在该校读书，对演剧最感兴趣，登场表演，居然扮啥像啥，苏校长很赏识他，任他组织一个剧团，叫做文友会。演新剧而成立的团体，文友会算是首创。学校的戏迷有好几位，优游是其中的代表。寒冬放年假时，他就集合了若干戏迷同学，再拉一些邻近少年来参加，加强了阵容，由优游编成剧本。这时他已阅读了邹蔚丹的《革命军》，和革命刊物《警钟报》，受到革命思想的影响。剧本把反清作为主要题材。又根据陈巢南主编的《二十世纪大舞台》，把其中《捉拿安得海》的剧本，搬上剧台，那剧台是借城内昼锦坊陈姓的大厅，临时布置的。当演出时，表白里夹杂几句讽刺慈禧太后的话，地方绅士劝他们停演，但他们不接受，照常演出，可谓大胆矣。剧中所需刀枪及胡须等道具，是汪笑侬代他们借来的，因此优游又从汪笑侬处学到了一些东西。暑假中，上海学生联合会假座五马路（今广东路）春仙茶园，举行游艺会，优游在剧中担任一重要角色，受到老演员汪笑侬、潘月樵、周凤文、熊文通、徐半梅等人的称誉。

他由于癖好戏剧，把学校功课置诸脑后，致考试成绩，每况愈下，甚至不及格。后来他转入南京水师学堂，因为这个学堂不收学费及膳宿费，每月还有三两银子的津贴，乐得混过日子，他所苦的，就是没有机会过戏瘾。暑假到上海，遇到了汪君良，由汪的介绍，认识了朱双云（树鹤），参加双云的开明演剧会，又得与郑正秋、周维新相接触，丰富了戏剧知识。

实在他的戏瘾太大了，他索性下海为演员，后来终于成为妇孺皆知的戏剧家。他曾经这样说："演剧家的本领，不在博观众的掌声；更不在得观众的笑声，掌声如雷和笑声不绝的戏剧，未必就是好戏剧，说话能引人发笑，或开口便能使观众鼓掌的演剧家，未必就是有本领的演剧家。那么演剧家应当怎样呢？就是无论台下有千万观众，要教他们声息全无，要使千万道视线，全神贯注在你一个人身上，要使所有观众排除自己的杂念，一心一意地迎受你一个人的声浪，这样才是有真本领的演剧家。这就是把千万人的心理，融合为一，融合在演剧家一个人身上，台上所演的故事，就是演剧家眼前自己所遭遇的事实。自己没动感情，观众的感情是动不起来的。”

他对于一些评剧家的瞎捧场，乱叫好，大不以为然。他化名“戏子”，在《晶报》上撰了一篇《敬告评剧家》，进行抨击，一般评剧家群起而攻，双方笔战，他一以当百，锐不可当，结果还是他操了胜券。报社保守秘密，一班评剧家，始终不知“戏子”就是汪优游。

我很早在沪南新舞台就看到他所演的时事新剧《阎瑞生》，那是真人真事，喧腾报纸的。他饰主角阎瑞生，演来丝丝入扣，融理合情，且具有警世贬俗之意，和寻常胡闹的新剧不同。现实中的阎瑞生犯案潜逃，在惶急中跳跃入水。新舞台演出时为求逼真，台上布置水景，开放自来水，灌注于硕大无朋的铅皮盘中，优游跃水，激起水花，这个噱头，一般观众，很感兴趣。而新舞台把这一出作为压轴戏，连卖满座，达三个月之久。当时那著《九尾龟》说部的张春帆和钱芥尘同观，春帆对于优游的演技，大为击节，颇思一晤其人。芥尘和优游很熟稔，写一字条，由役者递入后台，优游一方面打一电话给附近某肴馆定座，一方面复条子给钱张二位，通知会晤地点。果然优游一卸装，即来某肴馆作东道主，握手欢叙，以前辈礼事春帆。原来优游兼治稗官家言，有所请益。

优游演该剧，连续数十个晚上，每晚跳水，气候转寒，跳水如故，致受寒患病，疗养了好久，才得转痊。接着又患目疾，视物只见上半截，下半截不甚了了，又就医诊治，并赴苏州灵岩山，借住禅房，达半年以上，所赚得的包银，完全付诸医药费，一无留存。

我和他认识，尚在共舞台与新华影业公司时期，他任编剧，我任宣传主任，又撰说明书及编电影特刊。每天见面，无话不谈。他谈起戏剧掌故来，很有趣味。他说有一时期，舞台上武生喜用真刀真枪，在电灯下闪烁发光，增加威武。某岁，盖叫天赴南通演剧，他也是真刀真枪演短打戏，可是一不小心，刺伤了一位配角，幸是轻伤，没有性命之忧。但南通张季直为慎重起见，下了一个禁令，上台不准再用真刀真枪。上海戏剧界一度也遵照不用，但不久故态复萌，真刀真枪又上台了。又武二花赵黑灯，擅摔壳子，经常在几张桌子上摔下来，博得满堂彩。夏月珊劝他说：这样太危险，有伤体质，请你不要这样干，我养你。他答道：你能养我一时，不能养我终生。还是不听。结果在汉口演《收关胜》，竟摔死台上。又《天河配》演牛郎织女，是一出灯彩戏。更早的是《斗牛宫》，前清光绪间，想九霄在丹桂茶园演出。想九霄一次演堂会戏，取憎于某王爷，某王爷骂他“忘八旦”，他不以为意，暗地对人说：骂得凑巧，“忘八旦”和“想九霄”不是一副妙对么！又谭鑫培唱《乌盆计》，唱辞有“冒雨而归”，谭唱为“胃雨而归”，学谭派的亦步亦趋，都唱“冒”为胃，岂不可笑。

优游晚年，犹登坛表演，发微秃，演戏戴着假发。平日吐语甚低，然登场则白口清朗，距台不论远近，都听得到，这非有舞台经验不可。他演剧之余，还从孙玉声学诗，又兼撰小说。出版的，有《歌场冶史》、《恼人春色》等，都是涉及社会问题的小说。一般人写社会小说，什九是写中层社会，他却能写下层社会，把下层的穷困挣扎、沦落兴嗟，写得活现纸上。他又出版了一部《上海俗语图说》，这《图说》的图，是请许晓霞绘的。许晓霞其人非常端谨，交友很严，自初晤至定交，必须详审细察，否则疏而远之。抗战时病，历治不效，痛苦之余，自裁而死。这部书最初是每天在《社会日报》连续发表，该报主编胡雄飞，经常到共舞台来找他，催取《图说》续稿，他写作很快，往往催稿者等候在旁，才动起笔来，不到半小时，就交卷应付，才思敏捷，为常人所不及。他为了没有儿子，别娶一位如夫人，居然一索得男，那汤饼筵，我亦在被邀之列。此后优游下世，音讯杳然。时隔数十年，日前忽有一人自斜土路来访，对我颇有礼数，问其姓名，为汪迟来，才知即故人优游的哲嗣，从事教育事业，我为之欣然。蒙他出示一油印本《俳优生活》，这是他父亲最后的作品了。听说他还有一个弟弟名联来。

优游演剧，尚有几件事可以补述。他演于民鸣新社，剧中有一吹箫情节，该社却在报上登一广告，大事夸张，竟说："汪优游的吹箫，三百年间无第二人。"实则优游仅能吹箫，没有特殊处。他看了广告，很觉惭愧，即请该社立把这广告取消。一九三〇年他编演《新西游记》，讽刺当局的贪赃纳贿，被逮几遭不测，幸有杭石君为之设法营救，始得释放。后为共舞台编演《新封神榜》，财神由丑角饰，大开玩笑，亦无非借题发挥。讵意演来不卖座，共舞台是张善琨主办的，张氏老婆艺名女叫天，很迷信，认为不卖座，是得罪了财神所致，即赴财神庙烧香，优游知道了，知不可理喻，婉言辞职。

他对于肴馔，有个怪脾气，就是生平绝对不吃鱼，无论黄河之鲤，松江之鲈，富春江之鲥，以及什么大鱼小鱼、鲜鱼咸鱼，一概不吃，甚至和鱼同煮的佐味品，也绝不下箸一尝。我曾问过他不吃鱼的原因，他说："从小的习惯如此，连得自己都说不出理由来。"所以一班老朋友都知道他的偏食，请他吃饭，一般都不买鱼，而是备些肉类。

辑三

邮票大王周今觉

大家谈到集邮掌故，不免述及邮票大王周今觉。一九二二年，他在上海，创办神州邮票研究会，“以收集研究中国邮票为宗旨，出版会刊，提倡交流，举行邮展，开我国民族集邮活动的先声。”一九二五年，该会改组为中华邮票研究会，会员遍布大江南北，并出版了在集邮界有重要影响的《邮乘》会刊，使华邮日渐见重于世界邮坛。在这前一年，今觉购得红印花小字当一元四方连票，号称东半球最希罕的华邮孤品。翌年他担任中华邮票研究会会长，在上海招待美国集华邮专家斯塔氏，今觉能英语，谈晤很为融洽。据说在一九四九年，今觉把这珍邮让给郭植芳，后郭氏携此赴美定居，立志不愿转让外人，直至郭氏逝世，犹保存不失。旅菲名集邮家黄光城所著《红印花小一元票存世考图鉴》，把先后收藏及易手的史料，搜罗详尽，为邮学的重要典籍。并闻某岁，今觉因有急需，不得已把所藏珍邮，经人介绍，割爱出售，得黄金十五条，以济燃眉之急。过了年许，上海举行一次大规模的邮展，曾邀今觉参观。今觉应邀前往，见自己所让出的珍邮赫然在内，他驻足瞻视，不毋恋惜。旁人不知他便是邮票大王，恣谈邮史，且指着这些珍邮，谓："此是邮票大王的旧藏，当时售出，代价黄金三十条。"今觉听了，为之愕然，始知受了中间人的愚骗，所得半数被吞没了。

周今觉究竟是怎样一个人，大都语焉不详，浮光掠影。我和他会晤多次，为忘年交。略知其身世和学术，原来他不仅是位集邮家，又擅算学，复工诗文，对于经世之道，也有相当研究。他是安徽建德人，两江总督周玉山为其祖父，世代缨簪，书香不迭，他童年即列上舍为秀才，工制举文，但他不喜这一套，独嗜算学，自周髀九章，以迄清季徐有壬、李善兰之书，旁及五十三家历法，兼习英文，广罗欧美新著，与古法校勘异同，成一代宗匠。辛亥革命，他移家上海、当道推举他为国会议员，他婉辞不就。在沪西买地五亩，结庐筑园，杂植松栝棠梨等卉木，春秋佳日，和一班诗人词客，唱和为乐。常结伴观桃龙华，赏樱六三园，探梅双清别墅，所至有诗。他诗律精严，自西昆转入简斋、白石，后结集刊《今觉盦诗》四卷，印成二册，陈苍虬题签，陈鹤柴、陈病树作序，断句为人传诵的，如"灭烛海生残夜月，拥衾人语四更霜"，又"异种也堪称国艳，繁英真欲裹春城"，直可入前人堂奥。

文人经营货殖，什九失败，今觉在这方面，大丧其资，不得已，把园宅卖掉，弥补债务，致居无定所，他请人刻了方印章“居无庐”，常钤在诗笺上。后来他经济上略有好转，又购宅拉都路，称为还巢小筑，我和他相识，就在这时候。他朋好很多，如陈散原、冒鹤亭、朱沤尹、王病山、陈叔通、王蒪农、汤颐琐、袁伯夔、狄平子、徐积余、黄公渚、陈彦通等，这时死的死，散的散，为了赓续嘤鸣友声之乐，每个月总选择一个星期天的下午，折柬邀了三五素心人，到他家里备了几色佳肴，小酌一番，觥筹交错，谈笑风生。常到的有黄蔼农、陈病树、宋小坡，我也叨陪末座。有一次，在他小园的池塘边，举行修禊，居然永和兰亭，去古不远。他的斋舍很是整洁，除陈设品外，不见一些杂乱的东西。一间是中式的，那就书画彝鼎，古色古香，一间西式的，柚木案，玻璃盎，点缀几座意大利石雕裸女像。记得他有一首石美人诗：“难从皮骨论妍媸，着眼分明欲语时，突兀最怜秦女化，温馨不禁汉皇窥。凿开混沌终何取，炼到通灵亦已痴。长日衹宜甘后侧，较量玉质与柔肌。”不脱不黏，甚为得体。他有一位好友，精金石，藏古钱的黄叶翁宣古愚，邀之小酌，始终没来，人问其故，才知他落拓不羁，随地涕唾，这对他来说，未免拘束不习惯了，我们听了为之失笑。有一次闲谈，谈到《红楼梦》，我说：“曹雪芹写小说才华卓绝，可是小说中的诗篇，格调欠高。”今觉说：“这种诗最好没有的了，须知这些是代表公子闺媛的，倘然做到盛唐的李杜，南北宋的东坡和放翁，那就不符合贾宝玉、林黛玉的口吻了。”我听了为之首肯。

今觉名达，号美权，一号梅泉，别署炁公。他的著作除《今觉盦诗》外，尚有《夜读书室随笔》。这个《随笔》，我辑《永安月刊》时，曾发表了一部分，全稿没有刊印过。他又在《晶报》上连续撰写《邮话》，若把它汇集成书，是邮学的大好史料，袁寒云的《说邮》，还是步他的后尘。他很风趣，五十岁，取钱牧斋“头白周郎掩泪听”句，刻了“头白周郎”印。那梁众异忽做了一首诗，其中有一句：“四海笑余霜满鬓”，他就作诗讽刺众异的夸言，如云：“鲰生亦有霜盈鬓，未必能令四海知。”他早年眷恋一个女子，可是好事多磨，彼此分手。过了三十年，他忽在冷摊上买得无款仕女画一帧，携归审视，画中人的眉目，酷肖那个女子，他就把画装裱起来，悬诸室中，题为“画中爱宠图”，征求朋辈题咏，他自己也题了五首绝诗，有句云：“怜汝凤飘鸾泊苦，倾囊不惜赎蛾眉”，一时传为韵事。叔弢是他的弟弟，深目录版本之学，收罗宋元明佳刊精抄，有宋本《王右丞集》，黄荛圃旧物，尤为珍希，筑“自庄严龛”，为藏书之所。

海内收藏尺牍的巨擘周作民

旧中国海内收藏尺牍最富的，要推周作民为巨擘。作民，江苏淮安人。早年肄业日本京都帝国大学经济科，归国后，历任财政部库藏司司长、参议院议员、金城银行总经理。他认为持筹握算，奔走市廛，一身沾染铜臭气，未免太俗了，不得不假风雅的玩艺儿来调剂一下。所以他除庋蓄书画外，更大量收罗先贤尺牍，据说有数万通之多。周今觉收藏邮票为邮票大王，那么周作民可加以“尺牍大王”的头衔了。鹤庐居士丁辅之，他的石匏龛中所藏名人尺牍，可称洋洋大观，尤其朱明一代，更为完备，上自洪武御笔，以及刘基、宋濂、王阳明、左光斗、史可法诸子，甚至巨恶大憝，如严分宜、阮圆海等，应有尽有，也割让给周作民，所以作民所藏越发丰富了。作民的秘书袁安圃，是一位名书画家，并精于鉴赏，他曾从张季直游，诗文也很有一手。作民的尺牍，完全由袁安圃代为整理和标识，全力以赴，历时两三年，分门别类，很为精审。有的尺牍，署名仅一个字，或一别号，甚为简略，安圃一一加以考证，并把每个人的小史都记录下来，成为若干大册，因此有人怂恿作民，把那有关尺牍的名人小史，刊印出来，在他本人可作为收藏尺牍的目录，在文献方面，也提供了相当的资料，是一举两得的。闻画兰名家姚虞琴所收藏的尺牍，绝大部分也给作民罗致而去。河海不择细流，泰山不让丘壤，既广且高，的确是难能可贵的。同时收藏尺牍的，尚有潘文勤公的后裔潘博山、潘景郑昆仲，藏有他家列祖列宗的函札，还有和他列祖列宗来往的名人书翰，以及明清两代的政治学术文艺隐逸之流的手迹，为数亦很多。又张葱玉藏宋代贤彦尺牍数十通，物稀为贵，自当瑰宝视之。又溧阳彭谷声，也属异军苍头，但他客死西陲，留在他的儿子长卿处，已大部散失了。

梅花填词砚藏者徐行恭

最近，承桐乡叶瑜荪邮来梅花填词砚拓本，那是宋代的澄泥砚，刻有桂馥的题识达八行之多，书似金冬心，弥见古朴。此砚横斜疏影，对之如置身香雪海中，清芬挹襟袖，为之悠然意远。桂馥，系清乾隆进士，邃于金石考据之学，为当时翁覃溪、阮芸台所推重。著有《晚学集》、《缪篆分韵》，他的笔墨，确是很珍稀的。

这砚的藏主为徐行恭，别署曙岑，乃杭州的名宿，年逾九十，犹不废辞翰，作小楷，几类簪花妙格，出于耄耋人之手，是谁也猜度不到的。他九十高龄，却双鬓未斑，因刻一印“玄发老人”。善为韵语，如云：“准备十年尘事了，绿梅花底掩柴门”，为人传诵。又：“笔端无俗韵，腕底有阳秋”，叶瑜荪擅刻，便把这两句刻在竹臂搁上赠给他。

他风雅为怀，家有延伫园，别有竹间吟榭，植方竹一丛，常劚之为杖，赠送老年朋友。家藏汉代雁足灯，绿锈益见古泽。他尤有砚癖，藏有一风字形端溪小砚，备诸色采，冯宗陈为他镌像砚背，绝肖。他又见到司马温公砚及寒梅古月砚、春水绿波砚。其女出嫁，以龙凤端砚为奁物。又藏一端溪砚，布象若星河，与陈声聪常相酬唱，即以这砚赠他。程仰坡词人和他有同好，藏砚拓本，他为之题跋。他又有一方水云砚，辟水云砚室。现又得这方梅花填词砚，喜慰之余，更在他的新居北墅仓基，辟梅花填词砚斋。

以上这些，都是他年修订《砚史》和增补《室名索引》的大好资料。

宝寐阁主人蔡晨笙

前人张岱有那么一句话："人无癖，不可与交，以其无深情也。"的确，癖好为人生深情所注，寄托所在，尤其癖好书画文物，加以考释商讨，那种供献是有价值的。且此风由来已久，如宋代米元章的宝晋斋，明代朱之赤的宝祝堂，清代翁方纲的宝苏室，陈允衡的宝琴馆等，都是因为庋藏一件文物，目为瑰宝。直至晚近，端午桥得了华山碑，就榜额为宝华盦，沈树镛得了董北苑画，名其居为宝董阁，后来这个题额，入吴湖帆手，因其友沈剑知搜罗董香光书画，即以题额转贻剑知，好在北苑香光，都是董姓，两者可以通用，一时成为佳话。现在我所纪述的宝寐阁，那是蔡晨笙宝藏沈寐叟的作品，达数百件，蔚为大观。

晨笙，浙江鄞县人，生于清季丙午年（一九〇六年），父伦泉，贸迁有道，生活裕如，勖勉晨笙，继承其业，并送他到上海为商号学徒。晨笙耐苦勤习，绝不沾染时好，深得店主的垂青。满师后，便提拔他担任会计。这样他专治其事，安心工作，一方面觉得自己在乡间读书太少，知识有限，又素性爱好文艺，就备了许多典籍，公余之暇，孜孜学习。那时报纸的附刊，多载文艺作品，他更感兴趣，每天阅读，寻绎揣摩，循序而进，不多年，居然涉笔成文，斐然通达。

他服务的商号，在河南路附近，那里有数家装池铺，壁上贴满了名人书画，银钩铁画，青染丹渲。他经常去观赏，认为眼福不浅。看得多了，他对于书法，颇有会悟，自己也临摹碑帖，作为日课，深知二王的潇洒，以及颜的雄健，柳的遒挺，欧的端庄，赵董的秀逸，都树立规矱，为后人所取法，后人却也逃不出前人的范畴。一天，他偶而看到一副对联，是嘉兴沈曾植署名寐叟的手笔，奔放苍劲，具有出类拔萃之概，因此他对于寐叟的书法，感到特殊的喜爱和崇仰，从坊间买了好多种寐叟的字帖，凡字帖中有寐叟题跋的，一股拢儿收罗着。日久，寐叟的拓印品，已不能满足他的要求，便进一步，向古玩市场，访购寐叟的真迹，月积年累，举凡小帧大幅，横披直条，以及扇册尺牍，有正有草，有隶有篆，无不兼收并蓄。加之这时私人所藏，也有让给他的，真所谓物归所好了。这样来源既多，他又善于鉴别，甄选了许多精品，充笥盈橱的收储着，辟有宝寐阁，请古文家王蘧常撰了一篇《宝寐阁记》。其记略云："晨笙先生喜寐叟书，尤喜其晚年所作，大至丰碑巨幛，细至零缣断札，无不收，收必精褫褙，详疏记，无虑数百轴，皆朱钤曰宝寐阁。

叟卒后，名益重，价益昂，先生不惮倾其家资。叟书多赝作，先生能望气辨之。收叟书者，皆欲得先生一言为取去。叟书愈晚愈变，愈变愈怪伟，先生能按手迹，定年岁，不少爽。吾尝谓先生为叟书知己，先生亦自许之也。”记中所提及的丰碑，那是指镇海李氏墓志铭而言，共八大幅。当时李氏馈六百金请寐叟书撰，六百金相当六十石大米的代价，为一巨数。寐叟惮力为之，称生平唯一杰构，曾石印行世，原迹辗转为晨笙所得，代价也是很高的。

宝寐阁设在沪西王家沙，门外车水马龙，尘嚣万丈，室内文史燕闲，鼎盎烂照，别成一个境界。那阁额是沙孟海写的，四壁琳琅，都是寐叟的墨宝，晶橱映澈间，所陈列的，又都是寐叟的著述，如《寐叟笔记》、《寐叟词集》、《寐叟题跋》、《海日碎金》，及《乙卯稿》、《庚辰科殊卷》及论书尺牍等一二十种。那素标缃帙，晨笙又自写《蔡氏宝寐阁所藏沈寐叟书画记》，手稿六册，奕奕煌煌，有序言，清史稿传，著述目，名号志，鬻书例，而书画各件，均有注释评品，并录原文辞句和尺幅长短，真是细针密镂，化了很大的功夫。原来寐叟兼擅六法，但外间甚为少见，晨笙却藏有寐叟的墨笔山水，书画合璧斗方、古木寒鸦图。

晨笙后来认识了寐叟的嗣子慈护，就亲临沈氏的海日楼，可惜寐叟已逝世，不及一见前辈典型，申述其仰慕之忱了。寐叟生前，天天写字，到老不辍，所以日课的书页，还堆积很多，晨笙向慈护索取若干，也保存起来。又寐叟临卒前所写的两副对联，为最后绝笔，慈护遍请一时名流及父执辈，题识联旁，密密麻麻，几无空隙，便录成一册。晨笙又借去录一副本。听说这两联由慈护分给他两个儿子，各得其一，作为传家之宝。

晨笙对于书画，研究有素，任何人的手笔，他一目了然，不局限于寐叟而已。记得当时邓散木，撰写一联赠给他，联语为："郑人能知邓析子，徐公字似萧梁碑。"散木更在报上，发表了一篇小文，叙及此事。其文云："偶为中报题眉，戏效爨宝子法，吾友志功好事，隐名征射，应者纷至，独晨笙先生一发中的，喜集定公诗为楹帖以报，对仗切实，不可移转，真有天造地设之妙。"联语中的邓析子，乃散木自称；萧梁碑，即爨宝子。其时晨笙居山海关路懋益里，散木也住在该里中，彼此不相知，经过这个联语的介绍，便成为契好，相互往还。晨笙所藏的书画，颇多散木的题签。

印谱收藏家张鲁庵

凡是治印的大都知道有张鲁庵其人。他原名锡，字咀英，鲁庵是他的号，浙江慈溪人。他从赵叔孺学篆刻，喜搜罗名人刻印，如西泠八家邓石如、吴让之等印，数以千计。尝以五百元收购邓的五面印一方，有包世臣题志，为邓氏生平最精之作。当时大米仅十元一石，五百元购一印，无不诧为豪举。他怎样有如此资力？原来他是药材业巨商，拥资数十万，可谓长袖善舞；又复耽嗜风雅，逢到喜爱的东西，购买从无吝色。鲁庵酷喜大本印谱，出一千四百元，向吴湖帆购得陈簠斋大本《十钟山房印举》一部，这数字当时也是惊人的。他收藏稀有印谱，凡四百多种，高式熊为编《望云山房印谱目录》，马叙伦为题签，王福庵为之序。分秦汉以来官私印，秦汉官私印摹刻本，各家集印，鲁庵藏印，为四类。又编辑印谱共四卷，什九为珍品，且兼收日本斋藤谦所编的《支那画家落款印谱》，日本山中氏所藏的《芙蓉先生遗篆》，开中日文化交流之先声。

印泥以福建漳州老魏丽华斋所制的为最佳，鲁庵喜制印泥，耗资数千元，终不能与之媲美，不得已，乃向该店购上品印泥廿四两，每两价十六元。鲁庵嘱人分析其油份、颜料、药品，至是鲁庵自制印泥，始告成功。但尚稍逊于魏家，大概别有不传的秘法，无从探得。当时陈巨来刻印，以所耗印泥甚多，乃请鲁庵特制一种次品印泥，取其价廉，只须钤时鲜明，日后变色与否，在所不计。鲁庵应允，隔数天，即持赠四两，谓内无朱砂，全用德国出品专印钞票的颜料名阿尔西，每两仅四角钱。巨来用后，觉甚好，为之尽力吹嘘，并介绍张大千、吴湖帆、溥心畬诸画家均用之，销路大广。

鲁庵曾以碳素钢自行锻炼，制刻印刀，扎紫色粗丝线，式样古雅，用以分赠其师赵叔孺及诸同门。此后又向英国鹰立球钢厂定购小钢条，阔二分，长二寸弱，共六十条，每条时价美金八元。运来后，鲁庵在家中装马达，亲自磨砺，所成刻字刀极锋利，刻犀角象牙，可数十件不钝。鲁庵于一九六二年逝世，遗嘱以家藏所有印章印谱，悉数捐献杭州西泠印社。

鉴赏家钱镜塘

海宁钱镜塘，以逝世闻，鉴赏家又弱一个，这是很可惋惜的。钱镜塘和吴湖帆有师友之谊，我认识他，就是湖帆介绍的。他喜藏书画，一度又操书画业，古今名迹，一经过目，能立辨真伪，且指出这件是早年的，或中年晚年的，无一爽失。市上颇多名迹，由作伪者，一件分为两件，即真画而题跋是临摹的，又把真题跋配上临摹的画，那就一个画卷，混淆成为两件，得沽善价，但总逃不过镜塘的鉴别。真正逢到疑难的，他就和湖帆一同审定，湖帆目力的锐利，是海内有名的，所以公家收购大名件，总得请他们两人来作肯定。

镜塘住居，四壁都是书画，琳琅满目。且悬画辄按季节，时常变易，如春梅盛放，他就悬着许多梅幅，都是明清人的杰构。他又在庭院杂栽盆花，把绿萼梅、胭脂梅等，供置几案，使画中的花和盆中的花相映相衬，顿使一室充满着芳郁的春青气息。到了夏秋，转到冬季，也就把莲、菊、松、竹及山茶等等的盆栽，配着应景的丹青妙迹，幽秀之致，使人挹之不尽。

十年浩劫，他的收藏，不得幸免，被抄而去，幸拨雾见天，他才得安心怡养，自称菊隐老人。素擅丹青，作画自遣，并绘了一幅山水赠给我，藉留纪念。他告诉我一件趣事，他藏有宋代范宽的《晚景图》，甚为珍希，浩劫中也在被抄之列。这图在明代为严嵩家物，结果被抄，及清流入毕秋帆家，又复被抄。后归平湖葛氏，抗战时期被敌伪抄去。由镜塘辗转购得，那就四次被抄了。

他晚年体较丰腴，白须飘然，每天昧爽，即徒步徜徉，生活很有规律。讵料于一九八三年六月二日，突然患脑溢血死，年七十有七。他平素对于书画，比什么都珍视，认为书画是文化艺术的象征，为国家瑰宝，由国家保存，给大众研究和欣赏，更胜于私诸秘笥，所以解放以来，他捐献了很多的前人名迹。他又把收藏过的书画，编撰著录，仿葛景亮的《爱日吟庐书画录》，成为《菊隐老人过眼录》，可惜没有完稿，否则刊印问世，也是一个大好贡献。他的女婿王壮弘，工书法，也精鉴赏。

老健如虎的朱孔阳

朱孔阳这个名姓,实在太现成了。《诗经》上有那么一句:“我朱孔阳”,因此姓朱取名孔阳的就不乏其人,我所介绍的是云间朱孔阳,那就只此一家,并无分出了。他生于清季光绪壬辰年,即一八九二年,今年已八十有九高龄了。他身体挺健,仅两耳有些失聪,但备着助听机,问题也就解决。他经常出游,佳山胜水,荡涤襟怀,前年登黄山莲花峰,打破历来老年人上陟绝顶的记录。他还有那么一句豪言壮语:“我们和日本一衣带水,到了九十岁,一定要渡海而东,登富士山,作一远眺俯视哩!”宋代刘改之所谓“精神此老健如虎”,大可移赠予他。

他毕业于杭州之江大学,和郁达夫、范烟桥同班级,相交很为深契,他于文学切磋外,鬻艺海上,颇不落寞。某年夏天,和陶冷月合举扇展,冷月作画,他挥毫作书,成为双璧,在报上登一广告,标题:“陶朱公卖扇”,那是多么风趣啊!他又性喜集藏,节衣缩食,购置竹石雕镂印章古砚等物。加之图册琳琅,博山芳郁,摩挲玩赏其间,引为至乐。

他的贤侣金启静女史，娴雅亦擅丹青，为中国女子书画会发起人之一。夫妇相得，不让李清照之与赵明诚，因榜其室为“联铢阁”，“铢”字合着双方二姓，可谓天然巧合。

解放后，孔阳应聘医史博物馆，为公家物色岐黄有关的秘笈、图片、药方、书札及种种器皿，寒暑奔走，不辞劳瘁，若干年来，搜罗到很多希珍名贵的文物，在医药上阐奥勾沉，作出很大的贡献。

他好客成性，大有孔北海座上客常满，樽中酒不空的风概。每逢休沐日，来客更多，无非谋饱眼福，一窥其清秘之藏。他也不怕麻烦，一件件的搬给你看，实在东西太多了。客人来到，他总是问你喜欢看那类的东西，他就把你所喜欢的由你赏鉴，那常在他案头和手边的，如秦汉印玺，唐宋砖瓦。他曾藏宋宣和徽州城砖，是方腊起义，攻破徽州，事后修理城墙所刻的，《考古》杂志制版刊登，作为文献，他就捐给公家保存了。又宋牧仲所遗的纹石，顾二娘、顾横波、潘稼堂等的名砚，又绛云楼画眉砚，有钱牧斋题字，砚很纤巧，附一小铜镜，那是柳如是物，盒盖镶嵌玛瑙珊瑚及碧玉，展玩之顷，仿佛尚饶脂香粉泽呢。复有笔筒四，砂壶五，彪炳照眼，古气盎然，孔阳自诩他拥有“五湖四海”，壶谐湖，那大的笔筒，俗呼笔海，五湖四海，并非夸言了。他另有一个笔筒，是用炮弹壳改制的，我对他说，筒上可以镌刻四字：“偃武修文”，他连称妙妙，后来不知道他镌刻了没有。

丁福保的三种诂林

世称梁溪二丁，长者丁云轩，字宝书，又号幻道人，是一位画家，花卉翎毛，有陈白阳遗意。次者丁福保，字仲祜，号梅轩，又署畴隐居士，在学术上成就更大。奈早年即患肺病，当时人寿保险公司不肯给他保寿险，常州蒋维乔也同样体衰，但两人都能锻炼体格，因而愈老愈健。蒋氏提倡"因是子静坐法"。丁氏主张素食，呼吸新鲜空气。他认为肉食，血管易于硬化，无异慢性中毒。平日不论饭和粥，都喜欢佐以奶油，谓："奶油营养价值最高，多进奶油，不仅富于滋养，且有润肤作用，那些摩登女子，涂脂抹粉，以美容颜，实则不是根本办法，最好多进奶油，自能保住青春，容光焕发，比任何化妆品都好。"他又劝人多啖香蕉，说是"可以帮助消化，小溲解除秽气。"他每晚睡眠，虽隆冬天气，亦开启窗牖。日间，人们围炉取暖，他却独自到庭院中乘风凉，加之每天洗冷水澡，因而从未伤风感冒过。丁、蒋两人见面总是各夸自己的养生之道，后来索性赌起东道："谁先死，就是谁失败。"结果，丁氏寿命未满八十，而蒋氏活到八十以上，蒋胜丁负了。

丁氏就读于江阴南菁书院，书院藏书之富，是名闻遐迩的。他看到牙签玉轴，充栋汗牛，兀是艳羡不置，于是暗地里把书目抄下来，自暂将来亦必备有这许多图籍，坐拥百城，才得偿愿。后来丁氏藏书，数量竟超过书院，并更多珍本，和名人手批本及外间不经见的孤本，真可谓有志者事竟成。当时朱古微、李审言等一班耆宿，往往向他借书。他借出时，总提出一个要求，就是阅览过了，请在书本上写些眉批，且钤印记，于是更扩大了名人手批本的数量。记得他一度藏过很珍贵的唐代鱼玄机女诗人诗集的初刻本，历代名人亲笔题跋殆遍。这是袁寒云的家藏，寒云以二千金质押给丁氏的，押期将满，给傅沅叔知道了，便由傅代寒云赎去，书归傅氏所有了。至于丁氏怎能获得这许多的善本，那是有原因的，他和书贩很熟稔，时常借钱给书贩到各地收书，收了来，他就有优先权挑选一下，去芜存菁，许多不易得的珍本，都在他的书斋"诂林精舍"中了。

他是参酌西法的中医，写了许多医学书，由他自己开办的医学书局出版。他又编辑了《清诗话》、《全汉三国晋南北朝诗》、《汉魏六朝名家集》、《古泉大辞典》、《佛学大辞典》等书。卷帙更为浩繁的巨著，有《说文诂林》、《方言诂林》、《群雅诂林》，嘉惠士林，厥功非浅。他一个人做这些工作，当然来不及，就延聘若干位助手，一方面备了很多有关的书，由他指导，加以剪贴，那剪用的书本，就耗掉一万多元的代价，也可想见他所编的广泛了。《说文》、《方言》两诂林刊印成本，实在太大了，那《群雅诂林》的稿本，就让给开明书局，可是开明一计算，工料也感困难，搁置了若干年，开明停业，那稿本不知怎样处理了。

抗日战争胜利，他把房屋田地，悉数散给亲友及佛教组织。部分珍本书籍，又自周代迄清代的古泉三全套，捐给上海市博物馆。各学校图书馆，以及至交朋好，需要书本，他毫不吝惜的赠送。解放后，又把他曾化重资购自常熟“铁琴铜剑楼”的宋元孤本十余种，捐给北京图书馆，请同邑侯晔华绘“捐书图”，他自己撰记。

他头脑很灵敏，很会出主意。他闸北有屋，亲戚居住着，一九二七年，北伐胜利，各处拓宽马路，丁氏屋墙，也在拆毁之内，亲戚获得消息，非常着急，商诸丁氏。他灵机一动，就请亲戚回去，不要声张，立雇泥水匠粉饰墙壁，大书“总理遗嘱”，这样一来，屋墙非但不拆，不到三天，区国民党党部反送来奖状一纸。

他早期悬壶在上海南京路泥城桥西首，后来移至梅白克路。就诊的病人很多，他雇一童子坐在门外，看到病人步行来的，诊费只须铜元一枚，如果说明境况艰苦，医药费全免。坐人力车来者，诊费四个铜元。乘汽车来者，那就按照诊例每次一元。对病人必亲自敬茶，诊后送出大门，习以为常。

他在当时，声誉很盛，匪徒觊觎，写一恐吓信给他，他置诸不理。一方面他杜门不出，居大通路瑞德里，大门外再加铁栏，非熟人不放进去。一方面，因他和各报馆记者都很熟悉，便由记者在报上发表丁氏做投机生意破产新闻。他又故意把医学书局出盘，并抬高盘值，当然不会有人接受，书局还是他的，只不过放一烟幕弹而已，这样果然有效，匪徒不再来纠缠了。

星一粥会，也是他举办的。就是每逢星期一的晚上，在他家里吃粥聊天，备数色素菜，盛以小碟，以俭省为原则，风雨无阻，维持了十余年之久，参加的，大都一班耆旧知名之士，我也偶然厕列其间。最后一次，在香雪园举行，这次到的人特别多，此后以供应有困难，就寂然告终。

丁氏哲嗣丁惠康，为医学博士，和我也相熟，十年动乱，被抄家，所有丁氏遗著，荡然无存，我检得若干种赠给他，他很高兴，未几，忽然病死，年七十有四。我尚留有丁氏《畴隐居士传》，后附丁氏的诗篇。

苏曼殊遗墨《莫愁湖图》

记得柳亚子先生传苏曼殊，说他为“独行之士，不从流俗，奢豪好客，肝胆照人，而遭逢身世，有难言之恫。绘事精妙奇特，自创新宗，不依傍他人门户，零缣断楮，非食烟火人所能及。小诗凄艳绝伦，说部及寻常笔记，都无世俗尘土气。殆所谓却扇一顾，倾城无色者欤！”这几句富有概括力的对于曼殊的评价，确是允当无疑的。

我旁的不谈，只谈他的绘画。他不轻易作画，所以流传不多。据我所知，他的画汇成集子的有三种：一是他的女弟子何震所辑的《曼殊画谱》，这书没有见到过；二是南社蔡寒琼所辑的《曼殊上人墨妙》，共二十二幅，有章太炎题序，由李印泉斥资影印；三是萧纫秋所藏的曼殊画稿二十四幅，由柳亚子辑为《曼殊遗墨》，北新书局铜版印行。

他的绝句有“多谢刘三问消息，尚留微命作诗僧”。可见他和江南刘三有特殊交谊的。因此他绘赠刘三的画便有好多幅，如《黄叶楼图》、《白门秋柳图》，又山水横幅、团扇、折扇，更为刘三夫人陆灵素绘人物扇等，都是很精的。

某岁刘三抱病，请陆士谔医师诊治。陆士谔不受他的诊金。刘三病愈，没有什么报答他，便把《白门秋柳图》作为酬谢品。士谔的儿子清洁瞧见了喜爱得很。这画就由清洁珍藏。清洁行医杭州，画带到杭州去点缀他的医寓。不料抗战军兴，清洁仓皇避难，这画失诸兵荒马乱中了。《江湖满地一渔翁》，这幅画是曼殊绘寄程演生的；《风絮美人图》，是为黄晦闻绘的；《汾堤吊梦图》，是为周庄叶叶绘的；《万梅图》，是为高天梅绘的。自演生、晦闻、叶叶、天梅先后逝世，这几幅遗墨，不知流落何处了。

曼殊在南京，常和赵伯先饮酒啖板鸭，既醉，相与控骑于龙蟠虎踞之间，一时称为豪举。曼殊为赵所作的，有《终古高云图》、《绝域从军图》，最后请他绘《饮马荒城图》，没有绘成，伯先因黄花岗失败呕血而死，埋骨香岛，曼殊表示不负宿诺，特地赶成，托友人把画焚化于伯先墓前。结果友人未曾焚去，大约尚留天壤之间。

曼殊来上海，往往寄寓邓秋枚所主办的国学保存会的藏书楼中。有一次，他和秋枚的弟秋马秉烛夜话，绘成山水直幅寄赠秋马，秋马视如瑰宝，曾出示同赏，尺幅虽小，但很精炼。《丙午重过莫愁湖画寄申叔盟兄》的一帧，现今庋藏在我处。这画曾印入《曼殊上人墨妙》中，纸本，纵约七八寸，横一尺许，画作远山荒堞，水波浩渺，垂柳板桥间，泊一小舟，僧人立堤畔似欲唤渡，意境很是超脱。墨笔不设色，更觉高古，原来这画是画给刘申叔的。申叔也常寄寓邓秋枚的国学保存会中，申叔留画会中没有携去，后来申叔病故，画归秋枚保存。数年前秋枚逝世，画为其弟秋马所有。秋马喜欢搜罗明代名人尺牍，我把旧藏一部分明人信札赠给他，他慨然把这幅《莫愁湖图》让给我，我就请吴眉孙老诗人题写了几个字，配着镜框，悬挂在我的纸帐铜瓶室中。前年秋马又下世，那幅秉烛夜话所写的山水直幅，不知如何着落了。

这幅《莫愁湖图》山水苍茫中著一僧人。为秋马所绘的山水直幅，也有一僧人独立高冈。又他生平唯一杰构《白马投荒图》，那个僧人更突出；据云他的画著一僧人，即为自己写照，寄托他的身世之感，这和郑大鹤画山水必著一鹤，同一风格与意义。

其他曼殊的画，陆丹林那里有一幅，寥寥数笔而已。梁烈亚有一扇，据烈亚告诉我，扇上山水是出于曼殊手笔，惜乎没有署款。又某岁曼殊东渡省母，临行画纨扇十余柄，分送朋友，留作纪念。听说柳亚子处尚有留存。现在亚子已逝世，所藏的文物，捐助苏州博物馆，不知道曼殊画扇是否在里面。

书家马公愚的伏虎小影

马公愚，浙江永嘉人，生于一八八九年十一月二十九日。艺坛上有“书画传家二百年”之称，他欣然把这七个字刻了一印。经常钤在写件上。他和其兄孟容齐名，我认识他，还是孟容介绍的。他初名公禺，后因禺字不易识，才加一心字底为公愚，我和他开玩笑说：“您老人家真是个有心人啊！”他作书，真草隶篆，无一不能，亦无一不精。他曾说：“秦汉人作篆，如北京人操京语，幼而习之，纯出自然。唐宋以后人作篆，则如闽粤人的硬学京语了。”他对于金石篆刻，功力尤深，直入秦汉之室。画则兼擅山水花卉翎毛虫鱼，有全才之目。我很喜欢他的花卉，一瓶数菊，列螃蟹其旁，深秋景色，宛然在目。诗和文也有一手。著有《书法史》、《书法讲话》、《公愚印谱》、《应用图案》、《耕石簃杂著》，所书碑碣，遍及大江南北，数以百计，他原打算把所有碑碣，汇缩印成一册，可是后来没有成为事实。

他寓居沪西劳尔东路（今襄阳南路）的颐德坊，和褚礼堂为近邻。宾客很多，他款接于楼下，作书治印，则在楼上，贴着字条：“谢绝参观”。一次，我去访他，他破例导我登楼，见纵横都是卷轴缣素，有堆在架上的，有积于橱端的，甚至有散列于地，旋身举足，偶不慎便遭损践，而案头秃毫残墨，以及印章之类，更是凌乱不堪。他笑着对我说：“如此状况，岂能见客，谢绝参观，并非有所珍秘，盖恐亵慢于客罢了。”他写联幅，不必假人为助，用一夹子，夹着纸幅，那夹子穿以细索，贯于橱端的铜环中，然后系在案侧，当挥毫时，右手执笔，左手拉索，或上或下，其得心应手，较人助为便捷，真是一种善法。有人为作打油诗以赠：“第一大书家，江山说永嘉。两钟老居士，五绝旧生涯。动气师娘谑，开心婢女茶。前身陶彭泽，知己是黄花。”此诗可谓绝妙，我不惮辞费，为之笺注一下。公愚每晚失眠，必须置小型时钟于枕边，左右各一，听有节奏的滴嗒声，才得入梦。他又蓄着髭须，疏疏几茎，那女画家周炼霞，大家叫她炼师娘，把公愚的须儿开玩笑，公愚不许她乱作比喻，说“再这样，我要动气！”炼霞知道他动气是假的，还是比着再比着，公愚要抓她，一笑而罢。这时公愚已五十六岁，却讳言其老，佣役称他为老爷，他很不高兴，以为人而称老，那就鬼瞰其室，去死不远了。某日访友，友家的侍女，捧茗敬客，说：“少爷用茶”，他为之大喜，喜流光的倒转，而重度其少年生活。他爱菊嗜酒，以陶潜自况，因自制一联，悬诸室中：“两钟居士，五柳先生。”前人论诗，谓：“四言读葩，五言读陶，七言读骚”，陶潜是善于作五言诗的。

张大千的长兄善子，蓄虎于吴中网师园，虎驯不犯人，善子放诸园中，不加链索。一次，公愚赴苏往游，善子请公愚骑在虎背上拍一照，且保证安全。公愚姑妄试之，但瑟缩发颤，拍就下虎背，还是心有余悸，可是他说着硬话：“我虽没有降龙，却已实行伏虎。俗语谓骑虎难下，在我来说，是没有这回事的。”这桢照片，我向他借制一版，载在我所辑的《永安月刊》上。

公愚作品除在国内展览外，还在日本、美国、英国、德国、意大利展出。他又从事教育事业，民国元年，即在永嘉创办启明女学，又与其兄孟容在沪创办中国艺术专科学校。他又任课大夏大学等，门墙桃李满海内，也有西欧人士及日本学者向他请益的。后复应聘上海画院。晚年多病，来慰问的，都以病状见询，他惮于一一详答，便把病况写成一书面，付诸油印，来客各贻一纸，以省口舌之劳。我也获得其一，惜于浩劫中失去。

蒋吟秋的《载书返棹图》

苏州的名胜古迹，为旅游者争趋的目标，到了那儿，巷陌条条，园林处处，桥临流水，门掩垂杨，确是一个驻踪留迹的好所在。举眼一望，那引人注目的，是书法家蒋吟秋的题额。尤其是录着苏舜卿的沧浪亭记，刻在屏幅间，于萧散秀逸中，自具雍容安祥之美，无怪曩年周总理和邓颖超夫妇一见就啧啧称叹了。最近北寺塔扩辟公园，那石坊“北塔胜迹”四个大字，又是出于吟秋手笔，因此海内外人士，纷纷求他法书，积件累累，他笔劳墨瘁，忙不过来，只得适当应付，加以限制了。

吟秋原名瀚澄，字镜寰，是吴中耆宿青顾老人的长子。其外祖父陈寿祺，以八法著名。他在童龀之年，即受外祖的熏陶，一经指授，便能为人挥写楹联，复从金鹤望、沈绥成游，肆力于许氏之学，篆法益精进。当时同邑古文家曹允源、吴江名诗人费韦斋，深喜吟秋的篆籀，往往把书件请他代笔。同时前辈张一麐、汪君硕、樊少云、陈迦庵等，结冷红书画社，参加者数十人，吟秋亦列为社员，又兼画梅花，高逸可喜，间刻印章，也骎骎入古，真所谓能者无所不能了。

他继曹允源之后，主江苏省立苏州图书馆，馆设于沧浪亭对门的可园内，园为沈归愚读书处。环境清雅，远绝尘嚣，叠石浚池，蔚然林樾，浩歌亭矗立其间，傍植铁骨红梅。这梅秾艳殊常，虽折枝，表里俱作殷红色，为江南名种。吟秋和馆员王佩诤、程瞻庐、陈子清、陈子彝等，部署典籍，坐拥书城，暇辄吟咏啸傲，忘怀一切。岂知抗日战争时，敌机轰炸，苏城岌岌可危，吟秋深恐图书遭劫，于沦陷前把善本、孤本、稿本、名人手批本，运往洞庭东山的鉴塘学舍和洞庭西山的显庆寺，托人照顾。他便和夫人陈碧筠，避居沪西养和村，以教书卖字为生，茹苦食贫，在所不计，而时刻在念的，却是藏在山巅水涘的书册，是否蠹蚀，是否霉烂，是否被敌侦知，辇载而去。这样过了八年之久，幸而天河洗甲，日月重光，吟秋立即返里，复任馆长，再雇大船数艘，把东西二山的藏书装运回来。在东山的书因地较低湿，略有残损；在西山的全部完好，共四十八箱，一千五百五十八部，一万九千八百七十四册。金鹤望为撰《完书记》，潘昌煦太史工楷为书，余彤甫绘《载书返棹图》，张寒月付诸石刻，汪懋祖、陆棣威、屈弹山、卢倚庐等纷为题咏，汇刊《完书图记》为一编。

吟秋著述，有《版本答问》、《文选书录》、《吴中先哲藏书考略》、继宋牧仲的《沧浪亭志》为《沧浪亭续志》、又辑《苏州景物诗选》;更举办大规模的苏州文献展览会,陈列了数以万计的典籍翰札,书画文物,有的是公家的,有的向本地及四乡八镇的故家借来的,炳炳麟麟,煌煌炜炜,为历来所未有,又据此辑一专书,成为一大贡献。

他还做了一件大好事,为了负责保存善本,凡善本,图书馆例不借出,可是那时的官僚豪绅,往往仗势指索,把馆例置若无睹,强迫地非借不可,借了去还不还成为问题。他就想出一个办法,检出这些善本,雇了一些寒士,来馆抄写,计字论值,写成了种种副本。这些寒士,大都生活窘困,有些抄写费,在生活上不毋小补。此后逢到官僚豪绅来强借,便用副本应付,也就保全了许多善本。

解放后,他被聘为江苏省政协委员,编辑文史资料,主持书法篆刻会。曾为徐州凤凰山淮海战役烈士纪念碑书写碑文,又为青藏边区羌塘高原摩厓题字,都是大气磅礴的作品。他居住吴中平桥直街,自号平直居士,那屋舍略具花木之胜,友人赠诗,有云:“自种蔷薇红满壁,芭蕉绿到大门前。”这是写实之什。他的居处,距沧浪亭不远,他经常盘桓其间,成《沧浪吟稿》,夫人陈碧筠病故,成《筠窗感逝集》,两种都蜡印贻人。不料去冬倾跌损了胫骨,疗治后,还是经常酸楚,不便出门。年八十有五逝世。

诗才敏捷的邓粪翁

吴江名士金松岑曾经这样说:“明代无篆隶,清代无草书,民国承之,草书人才亦稀如星凤,而邓钝铁却是此中铮铮者。”钝铁便是邓粪翁早期的署名。由钝铁而粪翁,由粪翁而散木,由散木而一足,分成四个阶段。以时期言,用粪翁署名为最长,用一足署名为最短。松岑认为粪翁的名,有欠雅驯,故仍呼之为钝铁。

他住在上海山海关路懋益里,以别署粪翁,故榜其居为“厕间楼”,且自刻小印“遗臭万年”、“逐臭之夫”。开个人书法篆刻展览会,请帖印在上厕用的草纸上,行径的确有些怪诞。

他不善治生,金钱到手辄尽,衣物经常付诸质库,在旧社会讳贫炫富,成为习俗,他却把许多质券贴在墙壁上,作为点缀品。如果朋友有急难,他往往把质来仅有的钱倾囊相助,自己明天瓶粟告罄,不加考虑。

谈到师承,他曾从常熟萧蜕公学书法,又从赵古泥学篆刻,故又自称“虞山弟子”。所刻的印,胎息秦汉,自成面目，颇以浙派婉媚取长，有失古意为戒。我素喜记述清末民初的掌故，自号“旧闻记者”，蒙他刻“旧闻记者”四朱文小印见贻，苍劲朴茂，迥异凡作，我至今保存着，永为纪念。他的书法，除擅草书外，举凡篆隶钟鼎，以及欧阳率更体，无不优为，间画几笔竹枝，矗干龙回，攒根凤峙，别有一种修竦森然之概。

他诗才敏捷，曾与顾青瑶、火雪明、沈轶骝辈，结诗钟社。诸子都喜欢汉寿易实甫的诗，认为实甫郁郁不得志，以诗当哭，取名“哭庵”，因此便把这诗钟社称为“哭社”，时常在沪南豫园举行集会。不料被国民党当局知道了，加以侦察，且以火姓不见氏书，疑为赤化组织，警卒搜捕，几成大狱。当时《金钢钻报》登载这个消息，称为“哭祸”，粪翁有《哭祸诗》纪其事。

解放后，他北游幽燕，以儿媳在京，便作春明寓公。他平素嗜酒成癖，饮又过度，以致病入下肢，结果截去一足，从此即用“一足”为别号，更取“夔一足”的文义，颜其诗集为《夔言》。他和余空我时常通讯，有时以打油诗以代简札，风趣得很。我和他久疏音问，乃写一信寄给他，并告以我近来搜集了朋好所作有关梅花的诗词图画，成“百梅集”，请他写一首与梅有关的打油诗，以备一格。不几天，他便从北京寄来一首：“阔别多年郑逸翁，忽然千里刮梅风。梅诗理合题梅画，老母相应配老公。胡调诗成头竟触，谢媒酒罢郁先春。（原注：从前吃过谢媒酒后，往往被春媒酱，此酒盖不好吃也。）他年寿到千分十（千分之十也），介寿堂前辟拍蓬（爆仗声也）。”“逸梅老兄属题梅花诗，谨遵台命，极以油腔诗，只八句而累寒斋连吃数日无油菜，孽哉！癸卯一足。”讵意不久他就一瞑不视，可能这首诗，是他游戏三昧诗的最后一首吧！

听说他截足后，复患胃溃疡，又割去胃的一部分，结果因癌症剧发，于这年秋十月七日病故，年六十有五，九日移灵八宝山公墓，过三日举行火葬。一代艺人，永别人世，亲友听到这个噩耗，没有一个不痛悼惋惜的。

他有一部遗著《篆刻学》，是他根据几十年实践总结出来的心得和经验。文中对于印章的源流，各家篆刻流派、章法、刀法作了论述和介绍，详赡扼要，特别对章法剖析，有独到的见解。这书经他女儿国治整理，于一九七九年夏，由人民美术出版社为之影印出版，图例丰富，书法劲秀，既是有关篆刻理论和技法的专门论著，又可作为刻印和书法的临摹范本。可是他已不及目睹了。

刻印巨擘陈巨来

“陈生巨来，篆书醇雅，刻印浑厚，元朱文为近代第一。”这是篆刻耆宿赵叔孺题陈巨来印谱的话。叔孺是巨来的老师，老师对弟子是否阿私所好，有所夸誉呢？回答说，并非夸誉，这是有口皆碑的。

巨来，浙江平湖人，可是生活在上海，从未到过平湖。他的父亲渭渔先生，清季在福建为后补同知，和赵叔孺为同寅。此后又同客海上，时相往还。巨来刻印，初从秀水陶惕若，毫无所得乃自行摸索。十七岁时，偶仿吴昌硕所刻“癖于斯”三字印。适叔孺来向渭渔贺年，见到这印，大为赞赏，许他将来必成名家。巨来听了，喜不自胜，便往有正书局购邓石如印谱二册归，孳孳矻矻，日夕摹刻。就在这年秋天，于宴会席上恰和叔孺同座。他自报姓名，请叔孺教导。叔孺对他说：“刻字章法第一，事先必须篆得好，刀法尚属次要。如汉印中有‘太医承印’四字，太字和医字笔画一多一少，宜排列妥善，视之匀称顺眼，多者不觉其多，少者不觉其少，这便是章法。”巨来得此启发，恍然大悟。从此每逢星期天，辄踵赵门请益。时商务印书馆十钟山房印举出版，巨来立购一部。叔孺嘱其专力研摹，日久自有心得。翌年元旦，巨来即随其父往赵家贺年，且正式拜叔孺为师。叔孺却对巨来说："你最好多学汉印，不必学我，学我即像我，终不能胜我，还是徒然。"一次巨来戏仿赵悲庵小脉望馆白文印一。叔孺认为得悲庵神髓，很高兴地代为仿刻悲庵原款及边识，竟得乱真。叔孺先后自刻的印拓约二千多纸，尽付巨来收藏。巨来分门别类，汇装若干册，并请溥心畲楷书题签，什袭收藏，视为瑰宝。

他和吴昌硕也有一段渊源。当他二十岁与大词家况蕙风之女绵初结婚，蕙风即携其快婿往访昌硕。这时昌硕已八十一岁，很客气地呼巨来为巨翁。巨来为之赧然面赤，讷讷然请教刻印的刀法。昌硕说："没有其他法门，只有用劲刻，精力饱满，自然佳胜。"随说随取一石，横执印刀，自右而左，为刻数下，又镌边款"老缶"二字，用以示范。巨来受此熏陶，印象极深。

吴湖帆所用印，出于巨来手的数逾百方，巨来得湖帆画扇计四十五柄，其中一柄是以朱砂加西洋红画一绶带鸟，栖于双钩翠竹上，工妙绝伦。湖帆罕作翎毛，此为奇品。湖帆夫人潘静淑，画不轻易与人，仅以一幅赠其戚潘博山，一幅赠巨来。又溥心畲、张大千、谢稚柳、陈佩秋、叶恭绰、张伯驹、王季迁、吴子深的印，也多出巨来手。

拓印颇耗印泥。巨来好友张鲁庵以制印泥著名，人称张鲁庵印泥，但制作成本甚高。巨来试请张特制廉值印泥，只须钤时鲜明，日后变色与否，在所不计。隔几天，张便拿来若干两，说内无朱砂，全用德国出品专印钞票的颜料阿尔西来代替朱砂。巨来觉得色彩不错。过了一年，色彩鲜明如故，于是大量制造，人称陈巨来印泥。

吴湖帆和陈巨来是无话不谈的。一天，湖帆很风趣地对他说，凡遇不相识的人，要绝对让人看不出你是个印人，我是个画家。假使叶恭绰对任何人都大谈其铁路建设，梅兰芳对任何人大谈其西皮二黄，岂不自形浅薄。巨来为之首肯。

巨来原名斝，因名其室为斝斋。又榜更生藤斋，取义是庭中植有紫藤二株，突遭虫厄枯萎而死，过了五年，忽抽芽重茁。吴湖帆、谢稚柳各绘一扇，作为纪念。

他受委屈有年，和夫人牛衣相对，过着很苦的生活。他还自开玩笑，把"夫妇齐眉"改一字成"夫妇齐霉"。幸而四凶垮台，他才得吐了一口气，重新走上原有的工作岗位，努力作出更大贡献。

辑四

写市招的圣手唐驼

商店必备招牌，藉以招徕生意。现在的招牌，比较简单化，大都是塑料或有机玻璃的。解放前，都用长方的大木板，请名书家用黄纸书写，然后由工匠翻刻在大木板上，字自右而左，髹以金漆，灿然炫目，称之为金字招牌，那是表示货真价实的。如宝记照相馆，是尚书沈曾植写的。紫阳观酱菜铺，是状元陆润庠写的。此后翰林汪洵写的很多。继之如马公愚、天台山农和唐驼，都是书写招牌的能手(其时尚有两位名书家，商店素不请教，一邓粪翁，这粪字太不顺眼。一钱太希，商店唯一希望是赚钱，这个姓名和赚钱有抵触)，尤其唐驼的正楷，骨肉停匀，摆得四平八稳，一般商人都欢迎他。他在上海中华书局书写石印教科书，那中华书局的招牌，即出他的手笔。他写招牌，喜和制招牌的工人一同商榷，怎样才悦目。他从善若流，一些没有书家的大架子。

唐驼是江苏常州人。背部隆然，人们呼他唐驼子，他便把原名废掉，以唐驼自号。后患胃病，延医诊治，认为他伏案写字，脊梁支撑力弱，胸骨受迫，窒及胃部所致。医生为制一钢骨背心，他每日临池，必御此背心，使背部不再屈曲。有一次乘火车，带了许多行李，虽很累赘，他只用左手提携，给小说家毕倚虹看到了，问他："为什么右手不分任些？"他说："右手是要写字的，万一提携重物，损坏了手腕，那么如何执笔呢！"

唐驼有一篇《自述语》，如云："余初名守衡，字孜权，幼年背微曲，人以驼呼我，我乃喜以驼应。曾孟朴撰《孽海花》，倩我题签，题署唐驼，唐驼与世人相见自此始。余书非佳，然颇为人涂抹，初不敢以之卖钱，某年甚窘，有鬃工语余曰：公能卖字，可立致多金，余婉谢。鬃工曰：公不信，我可先介绍一五十金之小生意，即老介福市招也（按老介福为一绸庄名）。余欣然命笔，余之卖字，自老介福始。卖字之收入，第一年不及千金，次年增至一千五百金，又次年突增至三千金，又次年至三千二百金，第五年增至四千八百金矣。"又云："余作书，每于夜九时后，振管疾书，写至子夜不辍，腕亦弗僵，盖腕已任劳听命矣。"这些话，颇有趣，也足为书林掌故。唐驼六十八岁逝世，他生前为建立唐孝子祠，写了许多楹联，把润资充作建筑费。但他的遗作人们认为他写市招多，未免流入俗媚，不足重。我却藏着他一联，和其他书家的手迹，等量齐观。

八法草堂李丁陇

李丁陇是一位书画家，也是一位行径与众不同的奇人。他是河南新蔡人，别署野人，这个别署取得非常恰当，直到今年他七十八岁，垂暮之年，依然故我。他不喜欢涉足阛阓闹市，而喜欢栖身于村落荒郊之间，这所八法草堂，便在沪西江湾沈家桥畔，离市中心区很远，矮屋蓬户，疏篱环绕，那野趣的确很足。他在这儿，度着简朴孤寂的生活，安之若素。有时饭没有人烧，他自己烧，衣没有人洗，就自己洗，一切无所谓。实则他有夫人，有女儿，卜居重庆南路，具有相当条件，可以供奉他老人家，寝馈无忧，晨昏有伴，他却毅然舍去。夫人讽他自讨苦吃，他回答说："此中自有乐趣，不是你们所能体会到的，各行其所当行，不必烦啧了。"

他到过的地方很多，一九三七年抗战，潜赴香港，参加抗战宣传工作，道经十余省，举行画展，任中华艺专校长，又任西北文物审察委员会委员。一九三八年，访敦煌莫高窟，临摹《极乐世界图》长卷，达四百余尺，尚在张大千、常书鸿西访之前，为研究魏隋唐宋壁画的先驱者。他为边塞写生，具有大漠穷秋，孤城落日的概况，不啻讽诵了岑高的诗篇。他又绘《千乘万骑图》，也达一百多尺，大气磅礴，观者无不惊诧叹绝。某岁，黄河水灾，哀鸿遍野，他绘《黄泛图》，运美展出，为难民请命。

解放后，他还是从事笔墨生涯，直至四凶横行，才告辍止。一自拨雾见天，乃重寻旧址，都已成为废墟，便因陋就简，加以修筑，这就是江湾的八法草堂。草堂原称八法庵，一九八〇年夏，诸老艺术家颜文梁、沈迈士、田寄苇、张充仁去访，提议改称为八法草堂。我也承他见邀数次，却因循没有去，实在相距太远了。最近由他的好友陈志强见陪，遂得驱车前往，且蒙他鸡黍留宾，热忱款待。环顾他的居处，所有墙垣门壁，统是他所绘的壁画，有临敦煌的，有摹榆林的，也有模辽宁等处的，集壁画之大成，所作无不宝相庄严，衣裾飘举。壁间留一空白，请人题名，我就写了“蹊径别开”四字。那时有一女学生，在桌畔画着纵横的线条，构成一圆型，我问她这是什么玩意儿？她说：“这便是李老师教我的八法，为书法打好基础。”丁陇在旁接着说：“八法说法不一，世俗以永字八法为归。我这八法，探本溯源，更在永字之前。”原来他把最早的八法作为书法的矩度了。他出示一大卷的《御马图》衔接达一百二十尺，马以千计，有类韩干的，有类赵子昂的，且有类近代郎世宁的，乘黄照白，骧首腾踔，或散列，或群集，不一其状，又有控骑疾驰，如追风逐电的。所有人物，均属蒙古服装，韦鞲毳裘，色彩炫目，间以平沙荒碛，一望无际，点缀也很自然。那画马圣手徐悲鸿见了，为之题识，备致倾佩。

他为了满足艺术爱好者学画的需要，以私人名义招收研究生，并普通班，不收任何费用，完全义务施教。他一方面卖画，以润笔所入，作为办学资金，也是向所未有。学生有年龄很大的，也有年龄很小的。那九岁以书法负盛名的夏蕙瑛，便是他教导出来的。甘肃歌舞组织，摄有《丝路花雨》电影，他们来到上海，都去拜访他，向他请教，并参观他的壁画，因他们种种舞姿，颇多濡染敦煌榆林，有所借径取法的。他的儿子李季，夫人郑墨君，都擅丹青，可谓一门风雅。

萧蜕庵的书艺

谈书法的，大家都知道有沙曼公、邓散木，却少有人知道他们的老师萧蜕庵，因为蜕庵逝世多年，人们把他付诸淡忘了。

蜕庵，江苏常熟人，字中孚，别署甚多，如退盦、退暗、本无、无公、罪松、旋闻室主。晚居吴中阔家头巷五号及圆通寺，那一带属于葑门，称为南园，他又自号南园老人。早年参加南社，继入同盟会，掌教上海爱国女学、城东女学，为一时俊髦。

他曾从张聿青学医，擅岐黄术，为人治病，辄有奇效。贫者踵门，免酬给药。著有医书数种，精小学，有《文字探原》、《小学百问》等，皆数十年钻研心得，惜未刊行。又耽禅悦，常访印光上人，有所商讨。更善书法，以学佛故，尝谓："书道如参禅，透一关，又一关，以悟为贵。""书法当学而思，思而学，若学而不思，思而不学，皆不可也。佛学由解而疑，疑而参，参而悟。不解不会疑，不疑不会参，不参不会悟，不悟不会成。书法然，一切无不然。"他四体皆工，尤长篆体，教人握管，谓“当懂得力学，以笔尖为重心，大食中三指为力点。”又云：“学书先从楷书入手，以欧阳询、虞世南为正宗，欧字得力于王羲之，虞字得力于王献之，羲之以神胜，献之以韵胜，二者截然不同，久审方知。若颜鲁公、柳公权，则为正宗之支流，只供参考而已。”他又于永字八法外，别辟新八法，为理、法、意、骨、筋、肉、气、韵，认为八法全，谓之有笔有墨，不全，谓之有墨无笔。那就更进一步的说法了。又云：“写字工夫，不可有滑笔，主要笔笔入纸。”又：“北海书，是拉硬弓手段，宜学其臂腕力，引来控去，旁若无人，才可中其鹄的，若一松弛，则势必不能穿鲁缟矣。”又：“明代书人，以行草著称。故明人只限于帖学，碑学则百无一人，篆隶则千无一人。而明人草书，前惟王雅宜，后则董香光，最后则傅青主。祝枝山、王觉斯，皆魔道也。”又：“一碑须学一百次，方可入门而升堂，由堂而室，由室而奥，由奥而出后门，复由后门而绕宅，再进前门，复从后门出，则整个状况，均得了然。”又：“兰亭、圣教当勤学，十三行亦时时展阅，道因少写而多看，则自能得益。”又：“书法虽小道，要具三原素，一曰书学，二曰书道，三曰书法，三者以学为本，以法为末，以道为用，离其一，则非正法也。”

他晚境坎坷，六十诞辰，堂上张联自寿：“醉里一陶然，老我相羊频中圣；儒冠徒饿死，生儿不象始称贤。”其牢骚可知。一度外出，险遭车祸，不久，又倾跌受伤。加之他韬晦自隐，不趋时，不媚势，人罕知其学养与书艺，致一无收入，生活艰困。诸门弟子分散各地，难予照料，而我友陈锲斋，却于岁时令节，有所馈遗，因此，蜕庵与锲斋通问独多。蜕庵于一九五八年五月二十六日病故，年八十有三，锲斋展视遗札，为之泚然流涕，承出示数通，如云："笔墨生涯，竟尔断绝，朝不谋夕，欲一饱而无从，以此而言，殆无生理，与吾弟（指锲斋）相晤之时，将无几耳。平生纪念之物，只有文百余篇，诗六七百篇，小学三书，日记三十余本，同付灰烬而已。念及此，为之痛心不置。"又："拙荆撄疾半载，终以窭困，失治罹殃，于夏历三月初七日溘逝（早于蜕庵前四年）。"又："窘于邮资，未即复。今年耳益聋，神益败，恐不能度年矣。"这写在明信片上，钤一小像印，秃头戴眼镜，微髭，作僧装。又一明信片："自去年十二月中旬卧疾，加以倾跌重伤，偃蹇六阅月，今虽起坐，而两足几废，两耳完全失聪，目亦散光，如在云雾，神思恍惚，在世不久矣。往岁嘱我集一联，曾成句而未书：'能读万卷书，气象远矣；作退一步思，身心泰然。'写至此，目瞀矣。"其艰苦真有出人意料之外者，当时政府当局知而悯之，由江苏省文史馆聘为馆员，馈以馆禄，奈年迈体衰，已不能挽回其重危之生命，那是多么令人嗟悼啊！

临摹曹全碑圣手潘勤孟

在书法艺术上，曹全碑具有很高的地位，因此临摹的人很多，可是在结体风格上，能得其神髓的，却寥寥无几，难怪有人把潘勤孟誉之为此中圣手了。

他是江苏宜兴人，寓居沪上多年。他父亲稚亮，为宜兴著名书法家和金石家。储南强葺治善卷、庚桑二洞，当时题额刻石，都出于稚亮手笔。又刻了四方巨印，被称为“洞天四宝”，迄今犹有人道及这事。他的伯父伯彦，任圣约翰大学教授，精于音韵学。叔父序伦，以会计师驰誉海内。勤孟原名贯，取《论语》“吾道一以贯之”之意。有人戏谓：“这个贯字，很犯忌讳，将来恶贯满盈，必无好结果。”他便把贯名废弃掉，以字行，称为勤孟了。

他的叔父序伦原希望他赴美攻读会计，继承其业，可是他不喜欢这一套，肄业正风文学院，研究文学。他是顽皮成性的，曾和当时教务主任姚明辉开了个玩笑，他故意去问明辉说，在某书上看到一句古文：“司公限有品。”请老师解释一下，并请见告这句的出处，明辉略一思索说：“大约司公是一官职，必须有品级的人，才能担任。至于出典何在，容我回去查考一下，再告诉你。”明辉是当时的国学大师，翻遍《十三经》、《九通》，都找不到。私下请教胡朴安。朴安也说：“这句很古奥，出典何在，一时说不出来。”过了些时，勤孟才把这谜儿揭破，实际他买了一匣饼干，匣面上印着“泰康食品有限公司”字样，他戏把后面五个字颠倒一下，成为“司公限有品”，这事给校长王蕴章知道了，把他叫去，坚要他向老师道歉。

他在正风毕了业，喜欢投稿于各大小报刊，颇有编者嘉许。因他父亲和报坛巨子钱芥尘订金兰契，故得钱氏说项奖掖，声名更广，成为多产作家。同时为十种刊物特约撰述，每刊每日一篇。他振笔疾书，有笔记，有小说，有随感，有杂札，无不饶有意趣。尚能腾出时间，聆歌顾曲，又和朋从作方城之戏，醉乡之游，好整以暇，毫无迫促状态，人们都服他的捷才和博洽。

勤孟书法渊源家学，有出蓝之誉，临曹全碑，更具功力，有一次，邵力子把他所临的曹全碑，寄给写曹全碑负盛名的胡展堂，请他评阅，胡大为称赏，覆书力子：“人谓曹全碑易学，斯乃不然，盖貌似绮罗婵娟，神直铜干铁柯也。仆致力于此，亦既三十年矣，环顾海内，极少许可，顷览潘君之作，蔚然深秀，妙绝时人，信所谓后生可畏也。”勤孟得此称誉，便订润卖字，当时市招，大都为于右任手书，于右任是来者不拒，未免太滥；胡展堂则颇自矜惜，不肯随便应酬。有请求展堂写市招，求之不得，即请勤孟仿为，上海南京路的王开照相馆，淮海路的司徒博牙医院，市招赫然署名胡汉民（展堂名），虎贲中郎，人们不易辨别。不久，展堂被蒋介石囚禁汤山，始终没有注意到这件事。旧时宜兴善卷后洞离碧藓庵不远，有一座小楼，原题"祝英台阁"，中洞入口处，那座大厅，题为"巢许堂"，匾额都是勤孟写的，阅年多，现在已倾圮了。

解放后，他先后在上海人民出版社、美术出版社、辞海编辑所工作。一九七一年退休，现已年逾古稀，犹为出版社写些戏剧稿。最近更任宜兴两洞旅游顾问，关怀桑梓，乐此不疲哩。

当代金文专家边政平

我僻居沪西，较近的园林要算中山公园了。笔劳墨瘁之余，往往到那儿去疏散疏散。就在这园的东边，有一所兆丰别墅，这便是边政平和他夫人袁照双栖之所。吉金贞石，妙绘法书，充溢一室，可比诸赵明诚和李易安的归来堂。归来堂有《金石录》，边氏夫妇有《金文百单八绝句》，写成定本，有待影印，真可谓后先辉映了。

政平名成，别署竹轩，原籍浙江诸暨，卜筑杭州西湖，榜曰君子馆，迭经战乱，便为海上寓公。家藏金石书画，积有相当数量，但转辗迁徙，散失也很多。他所庋藏，据我所知，有纪年镜铭墨本若干种，海昌适庐集拓匋文二百多种，适庐汇集四方缺佚的古砖拓墨，印成。《广仓专录》，又从而校补，已印未印的多达八百种。关于金文，更为他所属目。按上虞罗福颐校补海宁王国维著《三代秦汉金文著录表》，三代至列国，凡四千六百十一器，而边著《君子馆钟鼎彝器款识》，仅商周两代，便得二千一百有余。和罗氏《三代吉金文存》校勘互有出入。多年来辛苦收集，得之不易，后遭乱散失，殊足可惜。曶鼎，珍藏于毕秋帆家。毕下世，鼎沉于太湖，不可复得。当时翁方纲、吴思亭、张叔未、何子贞、陈朗亭、朱筱鸥、江标、邹适庐，各有藏拓，并有卫国维长跋。他为制珂琊版印成一巨册，名之为《曶鼎八家真本汇存》，极为精美，因成本不资，所印寥寥。今其书已不可得，幸各省图书馆尚有留存，可以寓目。

申石伽和边政平友善，为绘君子馆吉金图，且为题云："政平道长深于金石之学，所藏拓本世称精品。三代彝器款识，尤不易得，劫中避乱沪上，相随行箧，余晦余闲，丹黄殆遍。庚辰之秋，有赠余句云，已向庖牺称后学，夜深秉烛吉金图。即写是图以报。"此外，唐云为绘"论书裁句图"，张大千、俞语霜、冯超然，都为他绘"释篆图"。

边政平初从武林赵恺臣学书，北碑南帖，潜意临摹，钟鼎甲骨，窥其妙秘。著有《君子馆论书绝句》一百二十首，鲍鼎为作长序。此后严寒盛暑，从不辍笔。癸丑二月，下楼失足，折损了胫骨，不能出门。他更临池挥洒，致力尤深，偶作怀素书，如惊蛇走虺，骤雨旋风，使人莫辨是真是摹。又擅双钩填墨，能做到和真迹丝毫无爽，的确神乎其技。旁艺刻竹，能把《鸭头丸帖》摹刻到臂搁上，运刀如笔，形神俱足。刻印又别具一手。他钤用的印章都是自已刻的。他说："所作的书幅，必须钤着自已所刻的印章，气韵才得一致。"

他在书法上，尤其推重前辈罗叔言、褚礼堂。和时人祝嘉相契合，因为两人有共同的语言，共同的见解。他最服膺王右军的兰亭序，说："用笔结体，皆由天理人情中爬剔而出。"能道人所未道。他又说："文章每况愈下，书法亦每况愈下。前人之书，以质胜文。时人之书，以文胜质。质难文易，质邀真赏，文悦俗眼。世间真赏少，俗眼多，无怪时人作书纷纷趋易避难了。"有人问他，书法究以拘谨为好，还是以放纵为好？他回答说："拘谨不如放纵，但放纵到无可再放时，就必须拘一下。拘了再放，放了再拘，经过几个循环，书法功夫就成熟了。"各地名流和他通问的很多，什九讨论学术艺事。他一一珍藏着，集录成册，名《上明室赠贻尺牍》，日后如能影印出来，定必可以传世。

我所知道的江小鹣

汉口三民路与民族、民权路交汇处，有一尊孙中山铜像，它的设计者，就是我在《缅怀汪亚尘》一文中提到的江小鹣。

小鹣，江苏苏州人，名新，和我是草桥中学的同学。可是他班级比我高，是同学不同班的。他取字小鹣是有渊源的。他的伯父江衡，字霄纬，光绪甲午翰林；其父江标，字建霞，光绪己丑翰林。建霞刊有《灵鹣阁丛书》，小鹣指继“灵鹣”而言。江标为《孽海花》说部中的人物，风流潇洒，为翰苑中的翩翩少年，喜修饰，御浅色缎袍，一日访太史公费念慈，被念慈的夫人驱逐出门。原来夫人含有醋意，误认他为“相公”（男妓），具分桃断袖之嫌，一时传为笑柄。小鹣也是一个美男子，为《留东外史》说部中的人物，其中叙述了他的罗曼史。因他留学日本，与《外史》作者向恺然是很相熟的。他又留学法国，从事雕塑，享着大名。当他返沪，我们“星社”诸子，设宴为他洗尘，到了一百多人，觥筹交错，欢笑一堂。他也参加为星社社友，拍了一张团体照，我当然陪坐在内。还记得，这照上他抱着一头黑猫，据坐其中，他蓄着几茎羊胡子，别有一种风度。可惜这照在十年浩劫中失去了。

我和他颇多会晤的机缘。这时吴湖帆寓居沪西嵩山路，辟梅景书屋为作书绘画之所，我和湖帆为同学，时常到梅景书屋去聊天，小鹣喜丹青，也和湖帆为同学，亦属座上常客。我们不期而遇，引为乐事。我又供职上海影戏公司，该公司设在沪北天通庵路，是美术家但杜宇创办的，恰巧小鹣辟静园于八字桥头，和杜宇的公司相距不远。静园占地数亩，略有树石，可以憩息，又有广屋可以锻冶，为浇铜制像之需。有一天，他的夫人自做西式点心，邀了吴湖帆、冒鹤亭、但杜宇、殷明珠（杜宇夫人）及我同赴静园，作半日遣兴。小鹣室内，供着许多自己仿古所制的彝鼎、盘盂及铜螃蟹、铜蜥蜴等，居然绿锈斑然，饶有古泽。他又雇笔工制了许多毛笔，任人携取，听说这是他的家风，是相传有素的。“一·二八”战起，他毅然西行，在昆明居了若干年，龙云深慕他所制的陈英士像，控着骏马，英姿勃发，也请他塑了一具铜像。及至抗战胜利，他竟客死昆明。

前年，我的孙女有慧、有瑛作香港旅游，曾访殷明珠于九龙。在殷家犹见湖帆当年在小鹣静园中所作的画。归以见告，我为之怅然。

擅画熊猫的胡亚光

杭州胡雪岩，那是《清史·货殖传》中的著名人士，旧居芝园，有延春院、凝禧堂、百狮楼、碧城仙馆诸胜。回廊曲折，叠石玲珑，姹紫嫣红，备极缛丽，在杭垣首屈一指。上海文史馆馆员画家胡亚光，便是雪岩的曾孙。但盛况无常，传衍数代，就渐趋式微，无复当时的排场气派了。亚光出生于牛羊司巷的老宅，那芝园占地很大，前院为元宝街，后院为牛羊司巷，前院早已易主，后院尚留着一部分屋舍哩。亚光幼时，犹目睹一些残余遗迹，谓曲桥栏干是铁质的，外面却套着江西定烧的绿瓷竹节形柱子，晶莹润泽，色翠欲流，下雨后，更为鲜明炫目。所有窗棂屈戌，都是云南白铜制成的，镂着精致的花纹，即此 端，已足概见当时的穷奢极侈了。

亚光的父亲莩卿，典着城站相近姚园寺巷的徐花农太史第，便移居该处。亚光在这儿度着童年生活，读书余暇，即喜绘画，遥从张聿光为师，和张光宇、谢之光、姚吉光等为同学。凡聿光的弟子，都取光字为号。他本名文球，也就放弃不用了。花卉山水外，又喜传神，有顾长康颊上添毫之妙。当一九一九年，朴学大师章太炎赴杭，讲学教育会。太炎的中表仲佑适住在亚光家中，就邀亚光同去听讲，并宴太炎于聚丰园。时亚光年十九，即席为太炎速写一像，着墨不多，神情毕肖，太炎大喜，提起笔来，为题“东亚之光”四字赠给他。当时上海某杂志曾把这墨迹制版印在插页上。一自抗战军兴，亚光携家避氛上海，赖卖画为生，经常为各杂志绘封面，又复主持画刊的笔政，著有《亚光百美图》、《胡亚光画集》、《造像琐谈》等，风行一时。他的老师张聿光善画鹤，亚光也秉承其艺，作《八仙上寿图》，那八头仙鹤，回翔于海天旭日之中，意境超逸，对之令人神怡心旷。

朋好素慕他的传神妙笔，纷纷请他造像，如夏敬观、高吹万、包天笑、黄蔼农、朱大可、陆丹林、唐云、钱释云等，都有那么一帧很具神态的供在斋舍中。戊子年，张大千来沪，下榻于李秋君家。一天下午，亚光去访，恰巧大千午梦方回，绝无他客，亚光兴至，为大千作一白描像，虽寥寥数笔，却有当风出水之概。大千赞赏之余，立为题记：“亚光道兄枉顾瓯湘馆，就案头为余写真，野人尘貌，遽尔生色，亦乱离中一大快事也。”最妙的，周炼霞出一盛年秾装照相，顾盼便娟，意态娴雅，亚光临摹勾勒，且点缀紫羽绛葩，为惜花人独立微雨燕双飞诗意图。陆澹安藏有王南石为曹雪芹所作《独坐幽篁图》片影，原为横幅，雪芹坐于竹荫石凳上，面部很小，仅似豆粒，亚光把它改绘直幅，面部放大，作伏案构思状，成为《雪芹著书图》。当时港报登载着，或认为真，或指为伪，引起一番争论。

解放后，为徐特立写一像，在上海文史馆主办的书画展览会展出，即由馆方特派专员送往北京，不久，徐老亲笔复函致谢。

我国特产熊猫，海外友邦视为珍稀之兽，亚光也就画起熊猫来了。同时画熊猫的，北方尚有吴作人，因有北熊猫、南熊猫之称。亚光所作，都以竹林为背景，钤有“不可一日无此君”七字印章。原来熊猫喜啖竹叶，亚光即取王子猷爱竹语双关，别饶趣致。亚光所用茶壶杯盘，被单毛巾，都是选择有熊猫图纹的，甚至把儿童的熊猫玩具，也累累地陈设在玻璃橱内，作为欣赏。那熊猫的纪录片，不知看了多少遍，简直成为熊猫迷。

他的斋舍，榜为梦蝶楼，这三字出于张大千手笔。其中具有一段伤心小史。他的女儿飏赓，又名蝶，玉雪可念，又很颖慧，博得他老人家的钟爱。不幸于八岁时，患脑膜炎殇亡，他非常痛惜，因有句云：“最是辛酸忘不得，呼爷声与读书声。”梦蝶楼印，有时也钤在画上。更有一印“家在南北两峰六桥三竺九溪十八涧之间”，可见他虽旅食沪上，心中还是念念不忘故乡的西湖。

他年逾八十，精神尚健。早年丰度翩翩，很是秀逸。他的乡前辈陈蝶仙称述道：“与亚光共谈笑，如对玉山琪树，令人自生美感。”有一年，小说家毕倚虹续娶汪夫人，他参加喜宴，比肩坐的是梅兰芳，某君认为亚光的美，胜过梅兰芳，撰了一篇短文，载在《晶报》上，开着玩笑。又有人把江小鹣、汪亚尘、丁慕琴、胡亚光同列为画坛上的美少年。目今亚光虽已垂垂而老，无复张绪当年，然衣履整饬，举止从容，尚有一些气度哩。

画马名家赵叔孺

在三四十年代，名重海上的画家，有四人最为特出，即吴湖帆、吴待秋、冯超然、赵叔孺，驰骋艺苑，各有千秋。这儿把我所知于赵叔孺的，随笔记述一下。

叔孺生于清同治甲戌正月二十四日，浙江鄞县人。诞生时，他的父亲佑宸适署镇江府，镇江旧称润州，乃命名为润祥，后改名时棡，字献忱，号叔孺。晚年他获得汉延熹、魏景耀二弩机，便署二弩老人，且榜其斋为二弩精舍。他生而颖慧，从小即喜雕刻，尤能画马，他父亲很钟爱他。一天会宴宾朋，诸名流参与其盛，大家都听到润祥（叔孺幼名）能绘骥足，要润祥对客一试，他从容起揖，执笔一挥而就，神骏异常。这时他才八岁，适林寿图方伯亦在座，见到了，更为惊叹，说："此子他日必在画坛出一头地。"因此挽媒，把女儿许配给他。

叔孺的父亲佑宸，为清咸丰名翰林，曾充同治帝冲龄启蒙师，官至太常寺卿。叔孺的外舅林寿图，为闽中大收藏家，三代吉金文字，宋元名迹，累累皆是。最珍希的，为吴道子白描历代帝王像，中有刘备、曹丕、孙权三幅，神态仪表，极为工妙，商务印书馆曾借之印成珂罗版本。凡此种种，叔孺耳濡目染，他既具备这样的优越条件，毋怪他成为一代宗匠了。

叔孺的艺事是多方面的，刻印，初宗赵次闲，四十以后，以赵㧑叔为法，㧑叔变化多端，故叔孺亦无所不能，但㧑叔的印，得一浑字，他的印得一秀字。画马则抚郎世宁。书法篆隶正草，游刃恢恢，集诸家之长。花卉则学王忘庵，又工草虫，作一手卷高二寸，长可八尺，蠕蠕百余种，无不栩栩如生。但性疏懒，惮于动笔，每至节日年关，始奋勉以应，无非为了偿债罢了。有时刻印，由其弟子陈巨来、方介堪代为奏刀，综其一生，亲手治印约一二千方。画仅百余帧。他常诫诸弟子："临摹古迹，不论书画，勿求酷肖，要以掇华弃粕，自出机杼，显出崭新面目为贵。"

他的弟子凡七十二人，以陈巨来为最早，潘君诺为最后，其他如徐邦达、沙孟海、张鲁庵、叶露园、支慈庵等，都能传其薪火，负有盛名。他把自刻的印拓，都付巨来收藏，巨来分门别类，汇装成册。并对巨来说："你最好多学汉印，不必学我，学我即像我，终不能胜我了。"

民国三十四年乙酉三月初七日，叔孺病殁上海。逾若干年，门生故旧为刊《赵叔孺先生遗墨》一册，有遗像、年谱、文存、诗存、篆刻、书法、绘画，以及同门撰记、同门名录，在香港出版。且举行一次大规模的展览会。其嗣君敬予，今尚健在，也擅画马，可谓克家有子。

梅竹双清话石伽

梅竹是花卉中的逸品，画家必须胸中有逸气，然后把这逸气贯注到纸幅上，才能为逸品传神。西泠画家申石伽，不论花卉山水，样样都擅长，尤其梅竹更为此中突击手。

石伽生于一九〇六年，是名画家申宜轩老人的文孙。家学渊源，十二岁即能画梅，圈圈点点，自成章法。逢到夏天，乡里间纷纷请他画扇，他来者不拒，画名随之远扬。他又喜填词，梅幅题着长短句；一次，俞陛云太史（平伯之父）南来，偶然看到，大为称叹，便收他为门生。他绘了一幅"俞楼请业图"作为纪念。原来俞楼在杭州孤山相近，傍山建筑，为俞曲园的别墅，陛云乃曲园之孙，仍作为啸傲吟咏之所哩。

石伽画梅，积累了若干年的功力，达到炉火纯青的境界。每一涉笔，不但得其疏影之姿，又复具有暗香之妙，对之如处身罗浮邓尉，几忘尘世间有扰攘事。且其布局变化多端，不可捉摸。曾见他为人绘梅花通景屏，凡三大幅，这三幅任你怎样颠倒顺逆，都符画理。分甲乙丙为一组，甲丙乙为二组，乙甲丙为三组，乙丙甲为四组，丙甲乙为五组，丙乙甲为六组。或密或疏，或浓或淡，而梅的枝干无不纠连结合，似乎冷香一片，溢纸而出，那是多么出奇制胜啊！

他的画竹，早年有《万竿烟雨图》，那是山水中的竹，印入画册。近有《竹谱》，金针度世，起示范作用。郑有慧从之画竹，为编前人画竹理论，附诸《竹谱》之后，图文并茂，相得益彰。他时常到园林中去看竹，看了晴的，又看雨的，看了雪的，又看雾的，他说："雾竹别饶意趣，迷蒙浮霭，益见其妙。"如此经过数十年的探索，简直把竹画活了。记得某年，上海文史馆馆长江翊云来访，谈得很投契，忽地窗外淅淅沥沥下起雨来，我就留他午饭，有较多的时间，便把藏扇给他观看，看到一柄石伽的画竹，水墨不设色，潇洒得很，翊云爱不释手。过后，我就请石伽绘了一柄送给他，他视同瑰宝。翊云固善画竹，石伽的作品获得内家的真赏了。他的风竹，不仅脱胎于文与可、夏仲昭的画本，又从舞蹈的俯仰屈伸，扬袂飘裾中取得姿态，也就缥缈轻盈，不可方物了。总之，当他执笔在手，凝神一致，旁边有什么人，左右有什么东西，窗外有什么风声、雨声、车马声，他简直没有看到和听到，似乎偏盲偏聋了。可是在这偏盲偏聋的一刹那，他的灵感到了新高度，有似登泰山上了傲徕峰，再陟南天门，大有衣袂云生，俯视一切之概。不但画出了梅竹的形态，梅竹的精神，并梅竹的人格化的品德，也活跃于纸素上，给人一种艺术享受，又复给人一种品德教育，所以他所画的梅竹，也就与众不同，出类拔萃了。

贺天健与杨石朗

最近出版了《贺天健画集》，八开精装本，画近百幅。其中如《九月桐江柏子红》、《华山苍龙岭图》、《山高水长》、《云日开朗》、《河清可俟图》等，在丹麦展出，被誉为“当代黑白画艺术大师”，也都入选在内，可谓洋洋大观。他早年曾刊印了《学画山水过程自述》，都足为研究贺天健艺术和绘画经历，提供了充分的资料，可惜这部《自述》，早已绝版，不易看到了。

天健，江苏无锡人，生于一八九〇年十一月八日，卒于一九七七年四月二日。原名骏，字炳南，祖籍丹阳，外间知道的人不多，这是他自己告诉我的。后来改署天健，一作健叟，早年又自称百尺楼头一丈夫。他的祖母工诗，他的父亲蓉初，好书画，所以他既擅画，又复能诗，是渊源家学的。他双鬓早白，尝对我说：“我的头发不是绘画绘白的，而是做诗做白的。”他看到人家画虎，就想到《后汉书·马援传》：“画虎不成反类狗。”他认为这句话不合情理，虎和狗形状相差很远，两者搭不上，还不如说：“画虎不成反类猫吧!”确是道人所未道。

天健既享盛誉,慕名而来,从之为师的很多,那玄想诗人徐志摩的爱人陆小曼,便是他的弟子。其中还有一个杨石朗,更为得意门人。石朗,浙江海昌人,名星,别署寸草游子。从小喜欢国画,随意涂抹,往往涉笔有致。尤喜作山水。某岁,故宫书画,拟运往伦敦开一盛大展览会,先在上海黄浦江畔中国银行故址举行预展,售门票标价很高。他认为机缘难得,连续看了好几天,对着一幅名画,凝神注目,轻易不肯离开,回来了,什么都不管,兀是挥毫伸纸,悉心背抚,几至废寝忘食,家人说他发了痴。他说:“黄子久的高卓清拔,才够得上大痴的名儿,痴,谈何容易啊!”他认为画当以造化和古人为师,但对于当代的老画家,也当向他请教,学习他的经验教训,庶免走着迂远的弯路,因此他就拜贺天健为师。天健素来提倡复兴五代两宋山水画的法度与精神,为创作的途径,且以山水首重皴法,讲究皴法,端推五代两宋,他便授石朗凡二十七八种,并教他临荆浩匡庐图,关同待渡图,范宽飞瀑图,马远对月图,黄子久富春图,文衡山绝壁图,吴渔山平畴图,临了再临,全神贯注,汇成三十余幅,用珂罗版印为《抚历代各大家真迹画册》。石朗于宋元诸画家,最喜欢黄子久,说:“子久的笔墨错综化,融合种种法度,令人寻味无穷。”总之,天健对于石朗具有很大的期望,把石朗当作他唯一的继承人。不料石朗见异思迁，以吴湖帆桃李门墙，更盛于天健，且吴门弟子，大都富于收藏，得列其间，更多观摩切磋之益，毅然又拜湖帆为师。这一下，顿使天健有唐诗人所谓“林园手种惟吾事，桃李成荫归别人”的愤慨。且迁怒湖帆夺其爱徒，有亏雅谊，就此断绝交往。直至解放，同隶画院，经组织上做了许多解纷工作，两人才言归于好。但这是表面的，内心还是耿耿不释。有人这样说，这个纠纷，还得归罪于石朗。如徐邦达从赵叔孺，后从吴湖帆，那是邦达先得叔孺同意，叔孺也认为湖帆的画路较阔大，从湖帆对于邦达是有益的。郁文华初从张石园，后从张大千，大千对文华说：“你拜我为师，举行仪式时，务必请石园参加。”因此彼此一无芥蒂，倘石朗能先请示于天健，那就不致引起贺吴二师的交恶了。

我和天健、湖帆都是老友，石朗也认识，他绘了山水扇送给我。当时石朗从湖帆，有人造谣说：“这是郑逸梅拉拢的。”真是冤哉枉也。

金闺国士周炼霞

女画家周炼霞，有“金闺国士”之称。她名紫宜，生于一九〇九年九月初三日。江西吉安籍，而生长于湖南湘潭，九岁随父鹤年来沪。鹤年曾从尹和白学画，所以炼霞对于六法，耳濡目染，略具基础。十四岁正式拜吴兴画家郑德凝为师。十七岁从朱古微学词，又从徐悲鸿的外舅蒋梅笙学诗。当时蒋氏门墙，能诗者多。炼霞酬唱其间，刊有《嘤鸣诗集》，为一时所传诵。这时她已为扇铺画扇，一金一柄，且买一送一，藉以扬名。后来与顾青瑶一同掌教锡珍女校，又和顾青瑶、顾默飞、吴青霞、庞左玉、陈小翠、陆小曼、杨雪玖、鲍亚晖、谢月眉、李秋君、冯文凤、丁筠碧、包琼枝等，组织女子书画会，并附诗社。鱼鱼雅雅，秩秩雍雍，染碧渲红，评山品水，成为海上艺术渊薮。

炼霞为新国画研究会及美术协会会员。一九四〇年以作品参加加拿大第一国际展览会，获金质奖章。英国及意大利所出版的《世界名人大辞典》，都载有炼霞的画传，也就蜚声海外了。一九五六年应聘上海画院为画师。四凶横行期间，她大受迫害，不但指斥她的仕女画为毒草，且把她所作的自度腔词："但得两心相照，无灯无月无妨。"诬为不要光明，只求黑暗，列为莫大罪状，加以凌辱。距今虽逾十年，而一目受伤，尚未痊愈。她用楚辞句"目眇眇兮愁余"刻了一方印章，作为纪念。

炼霞的体态清便宛转，如流风回雪，在女画家中是最具仪容的。今虽美人迟暮，而苏渊雷诗人尚有"七十犹倾城"之句来称誉她。原来她本身就是一幅仕女画，无怪她所点染的蔡文姬、卓文君，散藻漓华，含芳吐蒨了。至于她的诗篇，宣发天机，别有妙悟，曾和瞿蜕园合作《学诗浅说》，在香港出版。她自己的诗，名《螺川韵语》，作簪花格，亲自录存，其中颇多佳句。如题画梅："春愁如梦无尽处，只有香魂化冷云。"她又能为无典可用难于着笔之什。如咏冬夜馄饨担："风寒酒渴人如梦，街静灯疏夜未央。何处柝声敲永巷，一肩烟火踏清霜。"某岁，海上名装池家刘定之六十寿，绘像征题。冒鹤亭觉难下笔，因装池无典，而汤裱褙佞人，又不能用。正踌躇间，炼霞说：白描为之，何必拘泥于典故，即成一律云："瘦骨长髯入画中，行人都道是刘翁。银毫并列排琼雪，宝轴双垂压玉虹。补得天衣无缝迹，装成云锦有神工。只今艺苑留真谱，先策君家第一功。"鹤亭为之叹服。近年来颇多叹老之作。如云："渐老光阴不自知，挥毫还似少年时。无情最是深杯酒，照见星星鬓角丝。”

炼霞尚有一些韵事，足资谈助。她生于九月初三日，因白居易有“可怜九月初三夜，露似珍珠月似弓”之句，她每逢生日，辄邀闺侣诗酒为欢，称为“珍珠会”。某次，冒鹤亭得闽中墨兰一大盎，即辇送炼霞。翌日，炼霞设宴家中，作赏兰会。这天唐云、江庸、鹤亭及郑慕康等参与其盛。慕康善画像，为作一长卷，在座的都入画中。鹤亭忽提出请炼霞唤其七岁幼子也来列席，谓：我辈老矣！有一稚子在，此卷可以多保存一个时期。后来我向炼霞索阅。炼霞道：在十年浩劫中付诸荡然了。

蒲作英之九琴十砚斋

蒲华字作英，秀水人。善画竹，心醉坡公。画松能结顶，人以为难，花卉在青藤白阳之间。精草书，自谓效吕洞宾、白玉蟾笔意，奔放如天马行空，时罕其匹。妻早物故，孑然一身。寓沪数十年，鬻书画以自给。赁屋沪北，所居曰九琴十砚斋。左右四邻，脂魅花妖，喧笑午夜，此翁独居中楼，临池自若也。生平讳老，不蓄须，询其年，辄含糊不之对。盖作英幼慧，居舅家。舅陶姓，有子曰模，字子方，年少于作英，为作英表弟，质钝荒嬉，舅常训斥，引作英为比，模激而发奋。后竟以科甲得官，开府两广，备极显赫。作英落拓如故，深惭马齿徒增，无所建白，遂隐讳其年，不之告人。其同乡杨伯润年逾七十，尝言总角就傅时，已闻作英名，与同人结"鸳湖诗社"，意兴甚豪，以年岁推之，则作英之年，当在九十左右也。作英貌不扬，如老媪然，体伛偻；衣服朴陋，绝无仪态。治画余暇，常至豫园湖心亭啜茗为乐。晚年作画，益复任意涂抹，人称蒲蹦蹋。且不自矜重，有索辄应，与润金多寡亦不计，甚至有与以十金。邀之来家，作竟日之画者，直至黄昏灯上，见案头尚有余纸，乃作草书，必罄尽而后归。作英以齿缺，不便咀嚼，由西方牙医为镶金齿。讵意于某夕醉卧，金齿脱落，梗咽而死，时宣统三年也。蒲既死，扶桑人购致其画，声价顿增，卒以流传太多，不胜收罗而罢。生平善诗，吴昌硕当时曾有为之刊集之议，厥后未成事实，故其诗什散佚，无复可得。同居孙紫珊君，固藏有作英书扇，录其自作之诗，蒙以见示。款为“廉始仁兄大人吟坛大雅指疵，弟蒲录近作，时丙子闰五月。”明州晤蒋君幼节，喜而有赠云：“十载神州各怃然，青衫旧梦付云烟。二分明月吟邗水，一片闲云度海天。漫惜清才多落魄，还忻良会未悭缘。石榴花照珍珠酒，莫负嘉辰放醉颠。”“莫辞金石出铿然，鸾鹤飞鸣竹径烟。红荔家乡胜岭峤，黄梅风雨奈江天。琴樽此去萦豪兴，书剑他时记夙缘。无可倾怀聊话别，只将养气隐顽颠。”“黄梅时候少佳晴，绮阁潇潇听雨声。好是开樽念良侣，醉呼泼墨竹纵横。读尽欣逢两铁公（谓铁生铁仙），精神花草展高风。无端我亦生豪气，爱学眉山苏长翁。修篁奇石对庭隅，磊落襟期惬此躯。料得子猷耽雅癖，碧琅玕影日相娱。（杨子京招饮，为写竹石绢障）”仅此数首，殊足珍视也。

林琴南卖画

故小说泰斗林琴南兼擅丹青，山水得宋元人遗意。当其寓居北平时，小说也、寿文墓志也、大小画件也，以求之者多，所入甚丰，某巨公因称其寓为造币厂，实则悉以所获周恤族人，至死无一瓦之覆，一垄之植也。所作画，海上商务印书馆印成《畏庐画集》，为艺林所称赏，而予于我师胡石予先生处见其所绘近游图手迹，崖壑郁秀，笔力劲健，为之惊叹。其论画尤别有见地，尝谓："画家写重峦叠嶂，初非难事，果得脉络及主客朝揖阴阳向背之势，即可自成篇幅，所难者无深窈之致，使身入其中者，但见崭然满目，无一处可以结庐，此则画家一大病也。李营邱作危峰奋起，乔木倚磴，几使观者置身其上，可以远眺，由其能于旷处着想，故能旷者亦必能奥，奥处即可结庐。画家须晓得旷奥二义，则用繁笔时不至堆垛，失其天然之位置，盖其得之心而运之笔，毋怪其艺事之精超也。"偶检敝箧，犹存有民国十年林之更定润格一纸，如五尺堂幅二十八元，五尺开大琴条四幅五十六元，三尺开小琴条四幅二十八元，斗方及纨折扇均五元，单条加倍，手卷点景均面议。限期不画，磨墨费加一成，件交北京永光寺街林宅，后附一诗："亲旧孤孀待哺多，山人无计奈他何。不增画润分何润，坐听饥寒作什么。"仁慈恻隐，于此可见一斑。有时作画跋，亦往往涉及画之派别。如题黄鹤山樵画云："山樵画不多见，偶见三数幅，多作长笔皴，派出北苑，而神韵类赵吴兴。山樵于吴兴为甥，宜其肖。此帧独用短笔皴，干中带湿，而林峦起伏，气势雄峻，树石位置，咸出天然，明人笔墨，决无一肖，能此者或清晖耳。予阅古画，恒不敢断臆其真赝，但观笔墨，笔墨到此，但有低首至地而已，而谓此画果否真迹。或起香光于九原者，则一言决耳。"闻林死后，外间多林之伪作，则人之欲起香光者，转以欲起畏庐，固非林生前所及料也。又闻人述林有卖画诗一绝云："往日西湖补柳翁，不因人热不书空。老来卖画长安市，笑骂由他耳半聋。"殊隽妙可诵。

奇遇“郑逸梅”

三十年代初期，我应但杜宇之邀，在上海演戏公司搞编撰工作。不料，“一·二八”战役爆发，全家被毁，又失了业。一日，我在马路闲荡，恰巧遇到了老友施济群。其时，他办的《金钢钻报》正在物色一主持笔政的总编。他知道我正赋闲，就拉了我去承乏。

那《钻报》写作阵容相当壮大，如陆澹安、朱大可、朱其石等，常川执笔。一度张恨水避氛来沪，亦借在《钻》楼一角，这更加强了写作阵容。笔友之中，多才多艺者不少，其中朱其石能书能画能篆刻，加之朱大可、陆澹安、谢玉岑等都是名书家。这样，便由其石邀了张大千、张聿光等组织了艺海回澜社，并广征名家作品，借《钻》楼经常举行书画展。

由此，我认识了许多书画家，相与品评，遨游墨海，其乐无穷。

当时，我的编辑室在楼下。一天，我正埋头写着稿，那位坐在我对面的助理黄雁初（她是黄炎培的族人），在展览会签名册上，偶然看到有位来宾签名“郑逸梅”三字——和我同名同姓。她很惊讶，告诉了我，并催我追踪上楼，和那位郑逸梅交谈一下。

我出于好奇，也就和那位郑逸梅握手寒暄。那位郑逸梅年龄比我小，风度翩翩，谈吐不俗，他是擅书法的，谓：“今后拟改名为郑逸琴，藉以让贤，并说明这是有先例的。如湘中傅钝根，遇到上海王钝根，傅钝根即声明改为傅屯艮，不是一重佳话么？”彼此都笑了。他接着又说：“我当用逸琴之名，写一扇给您，留为纪念。”

我向他道谢说：“还是请您用着原名题款，那么，郑逸梅写给郑逸梅，岂不更饶有趣味！”

不久，他果然把这扇邮寄来，其中行楷颇有董香光气息，我好好地藏着。但此后由于失掉联系，这位郑逸梅不知行踪何在了。

朱梅村谈画艺

近年来，国画生气蓬勃，引起了国际艺术界的重视。国画有山水，有花卉，有翎毛，有走兽，有人物仕女等。人物仕女画，在画中所占百分比较少，朱梅村却是这方面的能手。

梅村名兆昌，生于一九一一年，江苏吴县人，是名画家吴湖帆的外甥。湖帆的梅景书屋，名迹充斥，都供他一一临摹，又复有人指导，得益更多。尤其湖帆重点出示唐六如、仇十洲、陈老莲等所作的人物仕女。他寝馈其中，凡若干年，既取其貌，又汲其神，仿佛处身数百年前，和唐仇陈老，揖让谈笑于屏帷几席之间，这好比演剧的，身入角色中，自然能吸引观众的注意力了。当四凶横行时，他偶画一幅农村嫁娶图，那新嫁娘年轻貌秀，娟然可喜，不料因此遭到批判，说是这个新娘，年龄太轻，不符合结婚条例，指斥他应负违反婚姻法的罪责。经这一吓，他就不敢再事涂抹了。粉碎"四人帮"后，拨雾见天，百花齐放，他才舒了一口气，重绘人物仕女，在烘染勾勒上，服饰布景上，作进一步的探讨，务使仿古而不戾今；尚丽而不伤雅，并扩大题材，不论史乘诗什，稗官戏曲，凡人们头脑中所熟悉的，他都秉着妙笔，付诸丹青，顿使冠弁钗裙，活跃在观众的面前。他的画路很广，山水花卉，均有高度的造诣。他又足迹遍历各地，名山大泽，原野荒郊，到处写生，收集素材，多至千余幅，所以在创作方面，打破了陈陈相因的画格，富有时代的气息。

日前晤见他，随意聊天，聊到画艺上，他说："画不是一成不变的，如齐白石早年画人物，中年画山水，到六十岁，遇到吴昌硕，便改画花卉。倘使一个从事绘画的，一生只有一种画法，一个稿子，早年如此，中年老年也如此，这是没出息的。须要到生活中去，观察和体验，把原来学到的传统技法，注进了新血液，那就开始变化了，但这种变化要适当，也有的变得不伦不类，几分像水粉画，几分又像水彩画，那就失去了国画的本来面目。还有经营位置问题，也得讲究，譬如画桂林山水，画来画去，都和盆景放大差不多，那有什么情趣呢！只有着眼点在某一个山巅，看去就别有丘壑和气势了。且讲究笔墨，还须讲究水法，水法加墨法，才成水墨山水，水墨的变化是无穷的，掌握了浓淡干湿，便分出实和虚来，既要实中有虚，又要虚中有实。实中有虚，尚易领略。虚中有实，就非心灵体会不可。所以，虚的空白点，是难能搞得尽善尽美的。"

以上云云，若平素没有相当修养，是决不能道出其中三昧的。

辑五

苏绣沈寿的《雪宧绣谱》

刺绣是我国传统工艺美术之一，在国际上享有盛誉。它的流派很多，风格各异，其中以顾绣和苏绣最为突出。

顾绣得名于上海露香园明代顾名世的儿媳缪氏及孙媳韩希孟。她们都善绣佛像和人物。曩年上海举办文献展览会，展出顾绣多帧，细针密缕，栩栩如生，吸引众多观者。至于苏绣，便首推苏州沈寿了。沈寿生于一八七二年，原名雪君，一名云芝。某年，其夫余兆熊（觉）的友人单束笙，在北京工商部供职，看到沈寿的绣品，赞不绝口，提议在慈禧太后七十寿辰时，绣一幅八仙上寿图为献。沈寿在兆熊的怂恿下，化了很多工夫，居然绣成一巨幅。及进呈宫闱，慈禧大为喜悦，竟得御赐福寿二字，从此她就废去雪君的原名而为沈寿了。

沈寿家里开设骨董铺，除陈列铜瓷玉石外，当以书画为大宗，这使沈寿得以广泛接触名作，深受艺术熏陶，造就了极高的审美素养。她从小学绣，能把画幅的章法线条，虚实明暗，如实地在缣帛上表现出来，故称为传真绣。这样高超的技艺，使沈寿的声誉倾动南北，博得针神之号。她又根据油画绣成耶稣像一幅，陈列于巴拿马博览会，荣获一等奖。又为一西方著名歌舞家绣像，画中人展开舞扇，微笑嫣然，歌舞家以为传神阿堵，妙到毫巅，酬以五千金。她又根据铅笔画为意大利皇后绣像，皇后欣喜之余，颁赠嵌有皇家徽章的钻石金表一块。从此，沈寿不仅驰名国内，而且享誉海外，开中国美术史新纪录。

沈寿二十岁嫁孝廉余兆熊，同居苏州仓米巷。后来为创办刺绣学校，迁至马医科巷，距俞樾的曲园很近。这里屋宇轩畅，饶有亭榭水石之胜。清宣统元年(1909 年)，南京举办南洋劝业会，骈罗百物，相互观摩，湘鲁江浙的绣件，四方云集。沈寿被聘审查绣品，又任京师绣工科总教习。不久，绣工科停辍，而张季直在南通女子师范学校附设绣工科，便延请沈寿为主任。盖沈寿之于绣，能悟象物之真，能辨阴阳之妙，潜神凝虑，以新意运旧法，自谓："天壤之间，千形万态，入吾目，无不可入吾针，即无不可入吾绣。"季直听了，为之动容。但沈寿体弱多病，季直深恐她的绝艺失传，便请她讲述绣艺，凡一事一物，一针一法，分门别类，日述一二，由季直亲笔记录。半年多后，撰成《雪宧绣谱》一书。全书分绣备、绣引、绣针、绣要、绣品、绣德、绣节、绣通等八项，并且附有线色类目表，共八十八目。一九一九年，该书由翰墨林书局出版，线装，啬公题签。啬公即季直的别署。印数不多，如今恐难觅到。之后，如续编《美术丛书》，我认为应把这部书采入丛书中，以广流传。沈寿四十八岁卒，埋骨南通南门外的黄泥山，季直题其碑曰："沈雪宧之墓"。未能归葬，余兆熊大有意见，撰有《痛史》。宋金苓、周禹武、巫玉等为其弟子，能传其艺。最杰出的为金静芬，既有传统的经验，又有创新的技法，绣成《红楼梦》十二金钗，轻盈秾艳，各极其态。加之柳绿低迷，花红历乱，背景又复雅韵宜人，见者无不啧啧赞誉。继之又精绣唐周昉仕女，骎骎入古，更登艺术高峰。她就是从沈寿的传真绣中蜕化出来的。

刻竹名家徐孝穆

书画流传，有千百年的历史，刻竹与书画有密切的关系，但年代较晚，大约起始于明代。金元钰著《竹人录》，褚礼堂有《竹人续录》，秦彦冲有《竹人三录》，金西厓有《刻竹小言》，都足以传竹人的艺名。当代的徐孝穆，撰《刻余随笔》，涉及的面更为广博，斯艺不替，厥功尤伟。

孝穆是吴江柳亚子的外甥，现已两鬓渐斑，在刻竹家中成为前辈了。他是上海市博物馆的老干部。自幼颖慧殊常，亚子很喜爱他，教以诗文，具此渊源，饶有基础。他对刻竹，极感兴趣。十一岁开始学刻，探讨流派技术的奥秘，追摹明代朱氏三家的刻工，又研究清代周芷岩的刀法，积数十年的经验，所有作品，无不运刀如笔，神韵洒然。凭着他掌握的一柄小刻刀，把各派书画家的笔法气韵，全部表现出来，不必见款，人们一望而知这是某名人的书和某名人的画，一无爽失，非具有相当功力，不克臻此。

一九四〇年，他随着亚子，旅居九龙柯士甸道。这时亚子忙着编撰《南明史稿》，约百余万言，稿本很潦草，由孝穆为之抄录。亚子的字，是不易认识的，他看惯了，也就一无阻碍，且抄得很快，几个月便全部抄完。这时黄炎培在香港，主持战时公债劝募委员会，为长期抗日战争筹措资金，孝穆襄助其间，甚为相得。及香港沦陷，仓皇出走，他的早期刻件，置存汇丰银行大楼，全部散失，这是他非常懊丧的。

解放后，他又随亚子寓居北京，因得识何香凝、叶遐庵、郭沫若、沈雁冰、傅抱石及老舍等，都为他题竹拓专册。一九六三年冬，老舍夫妇宴请唐云、黄胄、傅抱石、荀慧生于东来顺肴馆，进涮羊肉，他亦在被邀之列，流斝飞觞，朵颐大快。老舍索他刻竹。翌日，他即把这晚宾主尽欢之状，撰一小文，刻于扇骨上，遒劲婀娜，兼而有之，老舍得之大喜，为题八字："有虚有实，亦柔亦刚。"亚子有一端砚，石质极佳，他为之镌刻，砚侧砚背，刻文殆满。亚子逝世，其夫人郑佩宜，便把这著书砚赠给他，以留纪念。

他在上海，居住进贤路，亚子来沪，到他家里，为他写"进贤楼"三字匾额，作为他的斋名，并钤汾湖旧隐及礼蓉招桂盦印章。去年夏间，他移居沪西万航渡路，又把路名作为斋名，称"万航楼"。最近赖少其访问他，因所居为第十二层楼，适于高瞻远瞩，便为他写"凭栏阁"三字。他刻竹之余，又复刻石，又自称"竹石斋"，这许多斋额，他都兼列并用，不嫌累赘。赖少其很欣赏他的镌刻，称："刻而不刻者为能品，不刻而刻者为妙品，铁笔错落而无刀痕者为神品。”

我到他寓所，触目都是他的刻品，举凡矮几笔筒杯盘皿匣以及手杖文镇，大都是唐云为他画由他自己刻的，可谓集唐画的大成。而唐云家里的玩赏陈设品，都是孝穆所刻，也可谓集徐刻的大成，所以彼此都做了不惮烦的许子了。沿壁设一玻璃长橱，那是特制的，专列竹刻的臂搁。这许多东西，有平雕的，有浮雕透雕的，阴阳深浅，各极其妙，平刀直入，薄刀斜披，各尽其法。有刻自己的侧面像，神态宛然，而鬓发纤细，罗罗清疏，尤为难能可喜。更有趣的，有一次，唐云往访，恰巧孝穆不在家，唐云坐候片时，戏就案头纸笔绘一小幅画，倚树有屋，屋后别有一较高的树，复略具山坡，境极清旷。又留一便条：“冒雨访孝穆，不遇，作此而去。一九六五年八月廿九日，大石。”（大石居士，为唐云的别号。）孝穆回来看到了，即把画和便条刻在臂搁的正面和反面上，成为特殊之品。唐云为他绘刻竹图，他也刻在臂搁上。他的儿子维坚，女儿培蕾、培华，都能刻竹。他的弟子唐仁佐，也是刻竹能手。这几位所刻的，一股拢儿陈列在这长橱中，形形色色，令人目不暇给。

孝穆兼工刻印，印拓本和刻竹拓本，各积数十册，册首签题，都出当代名宿之手，如何香凝、叶遐庵、黄炎培、郭沫若、柳亚子、邓散木、丰子恺等，没有多久，诸位均先后下世，这许多签题，成为值得纪念的遗墨了。

细刻工艺大师薛佛影

韩昌黎当年有那么一句话:“年未四十,而视茫茫。”可是我年八十有七,阅看书报,视力尚不致到茫茫的地步,那是多么幸运啊!日前,承薛佛影见访,出示他所刻的小型象牙版,我看了又看,看不出什么来,便乞灵眼镜,还是看不出来,佛影便念给我听,才知刻的是陆放翁一首七律诗,并有我的上款。我定神一想,我的视力并没有快速度下降,实在这字刻得太小了。从前人把小楷比之蝇头,这不是蝇头,而是蚁足,蚁足还有迹象可寻,这比蚁足还要蚁足,无可言喻的了。我对着佛影,细细地审察他的一双眼睛,有何特点,为什么能这样的尖锐,是不是离娄再世么!他说:“这还不是字迹最纤细难度最高的玩意儿,尚有胜过这个的,请您老人家几时到我家里,我一件件给您赏鉴并求指教吧!”

我好奇心动,隔了两天,趁着清凉的早晨,赶到他太仓路的寓所去。该处闹中取静,沿着通衢,法国梧桐的绿荫掩映了他的楼头,微风吹来,很为爽适。向壁上一望,琳琅满目，都是当代名流赠给他的书画，尤以丰子恺的墨迹为多。偏右一口什锦橱，有竹臂搁、牙扇骨以及铜瓷玉石，都是由他镌刻的艺术品，成为一个宝库。有饭颗样大小的象牙粒子，刻了一百多字，用倍数最大的扩大镜窥看，波磔点画，一笔不苟，不禁为之啧啧称叹。他的兴趣也更浓，把在手边的都搬出来。告诉我，这是白玉细刻，玉高二英寸，阔一英寸半，刻了全部《圣教序》；这是白玉细刻祝允明所书《赤壁赋》，枝指生的风格，能从纤小至无可纤小中表现出来，倘不是目睹，简直使人难以置信。难度更高的，在小小水晶插屏上刻滕王阁图并序文，反面刻全部《多心经》。书家黄葆钺赞许他："前无古人，后无来者。"我认为"后无来者"这句话，说得过分了些，"前无古人"，确是定论。又有一枝明代象牙制成的洞箫，他在箫的上端，刻着密密麻麻的小字。我看不出来，问了他，才知是全篇《洞箫赋》。接着又搬出许多象牙片，有谢稚柳的松干，江寒汀的花鸟，吴湖帆的芙蕖蜻蜓，这些画家亲笔为他画在小片上，画家的目力是有限的，只得用写意粗笔，经他一刻，情趣盎然。他说："运刀镌刻，不怕工笔，却怕写意的粗笔，刻粗笔必须表达出画家笔势的淋漓尽致，轻重深浅，气韵神态来，功夫比刻工笔下得更多。"又复出示一印泥瓷盎，盎面也刻着写意花卉。他说："刻瓷目前寥寥没有几人了，刻瓷而刻写意画，那是我大胆的尝试。"东西实在太多了，如入山阴道上，目不暇给。末了，他指着靠壁的一座红木箱子，边说边把箱面揭开，他恐我隔着一层玻璃看不清楚，把玻璃面再揭开，赫然一个长方的象牙插屏，他运着刻刀，临摹故宫所藏十二月月令中的端阳竞渡，苍郁林木中，矗峙楼阁。龙舟若干艘疾驶江间，据高眺望的，有老有幼，有男有女，褰裳把袂，交头接耳，各尽其动态。那龙舟上，旗帜锣鼓，以及种种器具，无不悉备。而竞赛者四肢着力，百脉奋张，拨着双桨，争先恐后，神态之妙，使人难以形容。左上端又有细小的题识，反面刻着《洛神赋》，这是他生平唯一的代表作，化了十五年断断续续的时间刻成的。当时西文报纸，如《大陆报》、《泰晤士报》记者都有访问特写，谈及这些艺术品，并登载了照相。解放后，人民政府聘请他筹备上海市工艺美术所。他在所中担任象牙细刻工艺师，并展览他的作品，招待各国贵宾在十万人以上，都欢迎他出国讲课，作为文化交流。最近美国 ABC 电视新闻部代表团，征得中央有关方面同意，拍摄纪录片，把他细刻艺术介绍到美国以及其他国家去。

他生于一九〇五年十一月五日，江苏无锡市人，原名光照。薛氏在无锡原系大族，书香不断，祖父云楣，曾游泮水，擅长诗文，父亲叔衡，为名儒医，因此也教他学医，可是他对于医学，格格不入，而在读书余暇，喜欢篆刻，自己摸索着。后来得到族人某的悉心指导，并劝他从事刻竹，一再琢磨，彼此合作，略有成就。参加地方展览会，获得特等奖。他的亲戚王蕴章，在上海创办正风文学院，请他担任院务主任，得与诸名教授胡朴安、胡寄尘、吕思勉、钱基博、朱香晚、陈彦通等相周旋，在学养上获着很大的教益。一方面又与吴湖帆、赵叔孺、张石园等往还，获着很多的艺术指导。同时再研究古代陶器、甲骨、钟鼎、铜镜、玉石、砖瓦刻纹，以及宗教艺术、民族形式。各种雕刻遗物，不论圆雕、浮雕、平面阳刻阴刻，都加以探讨。经过很长一段时期的摹拟苦练，又从这个基础上逐渐创新，直到五十岁后，才能在象牙细刻上有了充分的把握，由象牙进展至水晶、翡翠、白玉，成为现代我国雕刻工艺上的异军苍头。一般雕刻用刀，有斜刀、平刀、圆刀等，他善用圆刀，转折灵活，益显线条流畅。但圆刀是很难掌握的，且刻面太小，而书和画又无从先作草稿，完全凭着自己纯熟的手指，奏刀时，指觉、视觉、心灵感觉打成一片，始能有所成就，真是神乎其技了。

刻碑名手黄怀觉

碑的历史是很久远的，据《仪礼聘礼》郑注："宫必有碑，所以识日影引阴阳也。"这种碑，大都没有字的。刻字流传的，当以泰山刻石、琅琊台刻石、秦篆诏书，堪称代表了。汉代熹平的石经，那是碑刻的巨构。又有石刻画像，如武梁祠石室四壁所刻的，不仅人物衣冠，且有车马台阁卉木等等。降至唐代的昭陵六骏，凡此都可作为研究古代艺术史迹的资料。《文心雕龙》云："自汉以来，碑碣云起，才锋所断，莫高蔡邕。"所谓云起，可见其数量之多，难以列举了。

碑碣大都由名人书写，然后付诸刻手，书法虽佳，倘没有好手镌刻，也就不能表现其风神与笔势，落入凡庸凝滞中了。可是书家都留有名儿，刻手却什九湮没无闻，这确是一件遗憾的事。已往的刻手，难以追记了，最近在杭州岳飞墓前刻《前后出师表》的黄怀觉，我很熟悉，就把他记录一些在这儿吧。

黄怀觉，生于清朝光绪三十年，即公元一九〇四年，今已七十九岁了。他家境贫困，读了数年书，十四岁即辍学，在苏州珠明寺前（现改称景德路）征赏斋当学徒。那征赏斋是苏州极老的碑帖店，店主亦即老师黄吉园教他刻碑、拓碑、裱帖三项业务。学习时期，订定六年，这六年生活是很艰苦的。每天天没亮，店门尚未开，即须摆好马步姿势，在凳子上练习糊帚工夫。那是握着一具棕制的刷子，为拓碑的基本功，也是装裱的必修课。夜间燃点了一盏灯，灯的周围用布蒙起来，防止灯光的散射。刻字用的刀和铁板，也用布包着，减低敲击的声响，因为这时老师和伙友都偃息上床，不能影响他们的睡眠。埋着头在木板上和石板上练刻小楷法书，直至三更半夜，才得停手。夏天蚊叮虫咬，只得忍受。隆冬天寒，手指冻得有似红萝菔，患着严重的冻瘃，有时僵痛得衣服的纽扣都不能脱解，便和衣而睡。这样坚持了三足年，在刻、拓、裱三项工作上，终算得心应手了，便为店主赚钱，刻金石插碑，及长、元、和三县衙署的告示碑。又曾刻合肥李经迈的望云草堂木匾额，张一麐圹志。又为杭州顾养吾家刻佛像。为无锡夏家刻曹铨所书的墓志铭。裱的方面，如陈眉公的金石拓本，陈奕禧的书册，那是刘晦之家藏的。又董美人墓志铭及题跋，那是吴湖帆物，也就认识了湖帆，拜他为师。同时，经常访问同行，如尊宝斋、柔石斋、汉贞阁等刻手，在那儿揣摹研究，借鉴特长，吸取经验，熏陶涵濡之下，得益很大。

六年满师，得以自由活动，遍走大江南北，遇到许多书画名流，总是向他们讨教。举凡流派宗法，刚柔虚实，以及用笔设色，气韵迹象，什么是传统的？什么是创新的？凡此种种，都溶化到镌刻中去，渐渐地掌握了肥瘦短长，偏正徐疾，视石如纸，视刀如笔。刻字也好，刻画也好，都能取意行神，不滞不囿了。

一九二三年，他和同事黄桂轩，应南通张季直的邀约，刻家诫碑，又倚锦楼石屏铭。既返苏，在集宝斋刻常熟言家的丁夫人墓碑，那是严修手书的。又为吴子深刻董香光墨迹手卷。一九二五年，赴常熟，为朱家刻百花诗，刻赵古泥像。刻时秉刚墓志铭，那是萧蜕庵撰文，萧冲友书丹。刻陈际春墓志铭，也是萧冲友书丹。又沈研墓志铭，是孙师郑撰文。俞春生墓志铭，是胡炳益撰文，蒋志范篆盖。北杨南瞿是我国两大藏书家，南瞿便是常熟瞿家的铁琴铜剑楼。瞿家的主人良士，请他刻铁琴铜剑楼匾额，出于孙星衍手书。又刻瞿良士所书的重修昭明读书台记，及重修净土庵记等。良士逝世，那墓志铭是燕谷老人张鸿所撰，董绶经书丹，也是怀觉镌刻。又刻了金鹤冲所撰的沈成伯墓志。其他如宁绍会馆重修记，慈溪洪迈书。重修于公祠碑，蒋志范书。怀觉都化了相当的精力。就在这年，赴南京灵谷寺，刻阵亡烈士纪念塔碑。

一九三五年，重游南通，这时张謇之兄张詧逝世，为刻张詧墓表，那是夏敬观撰文，李拔可手书的。又刻杨夫人墓碑，谭泽闿书，杨夫人便是张詧的室人。又刻张謇所书他捐赠荡田记、狼山大圣像。在观音岩刻历代名画家所绘的三十二幅观音像，全力以赴，堪称杰构。回沪后，在吴湖帆家，刻潘夫人墓表，潘夫人字静淑，湖帆的亡室，能画能词，又刻其遗作千秋岁词稿，湖帆跋语附刻于后，如云："右为故妻潘夫人静淑千秋岁词手稿，作于甲戌之夏。其中'绿遍池塘草'五字，平生最自意得，而传诵一时者也。因命其所制词曰《绿草集》。今夏五月，微疾仙去，爰将此稿摹勒入石，以永其传，谅世有同感者，当不以余为过情云。己卯冬至，跋于梅影书屋，倩庵吴湖帆。"

苏州寒山寺，以唐张继"月落乌啼霜满天"这首《枫桥夜泊诗》而著名，诗碑最早为宋仁宗翰林学士王珪所书，明文征明所书为第二块，清俞曲园所书为第三块，第一第二块以年代久远，早已无存了，曲园所书，尚完整无损。吴湖帆多年不返故乡，认为曲园书碑已毁于战乱中，便异想天开，当今的张溥泉主持国史馆，单名继，和唐代的张继，恰巧姓名相同，那么不妨请当代的张继，重写唐代张继的诗，立碑寒山寺畔，以留佳话。奈湖帆和张继素不通问，不能贸然有所请求。恰巧友人濮一乘自南京来访，濮和张继有旧，就委托他代请张继作书。讵意不久报上载着张继的讣告，深悔这个脑筋动得迟了一些，张继不及为之执笔了。

大约过了半个月，濮一乘寄来一束邮件，湖帆展开一瞧，为之惊喜欲狂，原来张继已把诗碑写好了，行书很是遒秀。诗后有跋："余夙慕寒山寺胜迹，频年往来吴门，迄未一游。湖帆先生以余名与唐代题《枫桥夜泊》诗者相同，嘱书此诗镌石。惟余名实取恒久之义，非妄袭诗人也。中华民国三十六年十二月，沧州张继。"且附着濮的一信，略云："张溥老近日劳瘁过甚，致迟至前三日始行书就，越一夕即作古人矣。此纸实其绝笔，史馆同人，欲予保留，继又因执事对于此纸，自具胜缘，自应将真迹寄呈，惟恳尊处于上石之后，仍将原纸寄还史馆，俾其保存，作为纪念。"湖帆即将该纸寄给在苏的黄怀觉，请怀觉在苏物色一石，刻一巨碑，送往寒山寺。数十年来，经过沧桑世变，久不闻此碑下落。近晤怀觉，才知此碑犹仆于荒烟蔓草间，幸碑文尚未损坏。我撰了一文，刊载《书法》杂志，希望苏州文物单位，把这第四块碑重行树立，亦足供人缅怀采访。

此后，怀觉在上海刘晦之家拓金石铜器，凡数十件。又刻菲列律信愿大成殿记，那是费范九所书，后来不知出国与否，下落不明了。

一九五四年，赴泰州，刻烈士碑。又刻吕凤子所画列宁像、孙中山像、鲁迅像，石藏山西太原迎泽宾馆，拓片在上海《新民晚报》上发表。又刻了齐白石像、柯璜像等。过了两年，应聘上海历史文献图书馆，一九五八年，历史文献图书馆，并入上海图书馆，即为上海图书馆装裱和整修各著名碑帖，展出于博物馆。一九七〇年，为上海朵云轩刻赵孟頫、唐六如、祝允明等诗词。他的儿子稚圭、良起，渊源家学，都能奏刀，由他指导，为刘海粟刻了一幅五尺左右的巨干老梅，上端且有海粟自题的水龙吟词，下端有一印："无锡黄怀觉子稚圭良起同刻石。"这幅画雄健兀傲，具有冲寒独秀的精神，一经怀觉妙刻，对之仿佛冷香拂拂，袭人衣袂间，可称双绝。

南宋岳飞墓，在杭州西湖，一九六六年秋，被四凶所毁。乃重新修复，花费人力五万六千工，人民币四十五万元。大殿匾额"心昭天日"四个大字，照壁前的左右两旁，陈列着这次修复的石碑一百二十五方，这些石碑有从屋基下发掘出来修补的，有从众安桥岳庙迁来的，也有根据拓片翻刻的，这方面怀觉化了很大的力气。尤其聚精会神的，那是历代相传岳飞所书的诸葛武侯的《前后出师表》，字数较多，《前出师表》摹刻二十块碑石，《后出师表》摹刻十七块碑石，为了早日完成，怀觉招他的儿子稚圭、良起，一同镌刻，父子合力，成绩斐然。

至于刻碑工序，怀觉为我谈了一些，据说：第一阅稿，仔细端详稿的大小、行距、结构、排列等，然后选择一合适的石料，石料以洞庭山的太湖石为上品，大理石次之。先用沙石粗磨平整，继用沙皮打磨，复以细刀砖磨光，直至腻滑为止。接着，以磨浓研匀的上好墨汁，加在石上，称为上墨，待碑上的墨汁干后，即用烙铁烫上白蜡，务使均匀，再用细铲，削去厚层和多余部分，那碑墨自然黝然牛光。接着把透明拷版纸，覆在原件上，用线描笔双钩。墨线双钩之后，更用银朱做红线条双钩，称为过朱。过朱下一个手续，即所谓上样了。上样就是用过朱的双钩拷版纸，平铺于上过蜡的碑石上，必须上下左右，安置妥适，用木榔头垫着羊毛毡，敲击钩本字样，那过朱的双钩红线，很清楚的落在碑石上，便进行镌刻了。刻法一般分阴文、阳文及双龙（双钩线）。工具很简单，一铁板，作敲击刀具之用，六寸长，八分阔，三分厚。二刀具，五点五寸长，柄椭圆形。又刀口，二分阔一面起口的一把，起底刀，一分阔，二面起口的一把，尖头刀一把，六角形，五点五寸长，如此而已。总之，本着经验，作灵活应用。前人说："大匠能与人以规矩，不能使人巧"，这话是确有道理的。

陈端友的琢砚艺术

陈端友是怎样一个人，那位熟悉他生平的彭长卿曾经告诉我一些，我就根据他所述的，作一概括的介绍。

端友曾制一苦瓜砚，造型甚为朴雅，一天，给名画家任伯年的儿堇叔瞧见了，赞赏不置。便为他在砚匣上作一题识，有云："逊清道咸同光间，吴中业碑版椎拓锲刻号第一手者，曰张太平，太平死，弟子陈端友能尽其术，为及门冠。张固贫，死无余蓄，则赖端友作业以赡其后。端友名介，字介持，以别署行，虞山人。尤善治砚及拓金类文字。其治砚务意造，不屑蹈袭，有辇金请谒，令赝顾二娘，被峻拒，说者谓端友刻意千秋艺事，洵有不可及者。"这几句识语，方弗为端友做了个小史。

端友为了谋生，足迹常到上海。这时上海有两位名医，一小儿科徐小圃，一西医余云岫，负了盛誉，当然生活富裕，爱好书画骨董，作为诊余遣兴。尤其收藏佳砚，累累满架，什么蕉叶白、火捺、眉纹、龙尾，应有尽有。尚有许多佳石，没经琢刻，徒然为未凿之璞，莫呈辉丽，听得陈端友善于琢砚，两名医动了脑筋，请他来家，彼此轮流作东，供其食宿，并给优厚工资，端友也就安定下来，覃思竭虑，在琢刻方面，下着细巧工夫。他的琢砚，不能限以时日，快则一月一方，也有二三个月一方，甚至一年半载或数年一方的，由于难度的高下，艺术性的强弱，不能一致了。据说他一生所琢精品，约百方左右，都归西医所有。大约徐小圃占有百分之六十，余云岫占百分之四十。解放前，徐小圃携了一部分赴台湾，余云岫却留在国内，所有精琢的名砚，都归上海市博物馆收藏了。数年前，上海市博物馆曾举行文房四宝展览会，所谓文房四宝，便是笔墨纸砚。砚的部分，就有好多方是陈端友的作品。有一方龟砚，这是他一生最得意的代表作，整整化了三十年时间，才得完成，状态生动，极鹤顾鸾回，曳尾缩项之妙，友邦人士看了，无不为之惊诧。

顾二娘是琢砚唯一圣手，曾向人这样说："砚系一石，必须使之圆活腴润，方见琢磨之功。若呆板瘦硬，乃石之本来面目，琢磨云何哉!"陈端友制作的砚，确是形象地体现出圆活腴润的美来，是值得今人借鉴的。

端友的老师张太平，有子张文彬，能继父业，和他的妻室都善雕琢。文彬在一笔筒上，刻着白龙山人的花卉，笔致苍劲，成为一件极好的艺术品。他的妻子仿制顾二娘的筛子砚，几可乱真。他们夫妇俩收一学生张景洲，也精于此道，且因陈端友琢砚的技能，高超出众，又拜了端友为师，渊源不绝，成为佳话。

雕纽后起之秀杨忠明

在艺苑范畴中，书家少于画家，刻印更少于书家，而雕纽更少于刻印，那么雕纽一道，也就很不简单的了。

印纽的历史较为悠久，古时佩印的，大都是士大夫之流，为了佩，必须作纽以系之。尤以官阶不同，所以雕着龙、虎、龟等形以为标志。龟为四灵之一。唐人诗："无端嫁得金龟婿，辜负香衾事早朝"，可见龟之为物，当时是很重视的。印纽初以这三类为多，复从这三类推广，那就有山水、人物、花鸟、亭台等等。即动物方面，把狮、豹、象、猴等，也刻入印纽中，官阶的框框，大大地突破了。

古印，大都是铜和玉的。铜和玉硬度高，不容易雕刻，所以印纽简单化。直至元末明初，以花乳石取而代之，尤以寿山、青田为大宗。石质的印，奏刀较易，印纽也随之发扬光大。雕纽一道，名手辈出，如潘子和、杨玉旋、谢奕、周尚均、林石斋、林文宝、陈可铣、黄恒颂等，都见著录。这个印纽艺术，千百年来，不绝如缕，幸未中断。目今的继承者，如林焕章、曹子奇、龚展、吴天祥、陆明良、林文举、杨忠明等，这若干位分散各处，无缘晋接。惟杨忠明却和我相熟，经常来聊天，也就增加了我这方面的知识，爰略记一些，大约不算浪费笔墨吧！

杨忠明，字霁光，以家贫，别署无无室主，江苏昆山人。他自幼好学，学过国画，学过篆刻，可是在这方面，没有发挥他的本能，但这国画和篆刻，后来却为雕纽打好基础，这是他自己也没有预计到的。

他最早随着陆康趋谒陆澹安老人，在老人案头看到几方印章，那雕纽有夔龙、饕餮、辟邪等等，神态生动，他极感兴趣。归而潜思默想，认为在这方面，找出关捩来，不是今后一个努力方向么！便商借了许多有雕纽的印章，朝夕对着，悉心研究，又复到处讨教，才知雕法有圆雕、浮雕、透雕等各种方式。他就节衣缩食，买了一批印石和图籍资料，孳孳矻矻，摹仿作刻。可是化了很多的时间和精力，所雕的总是呆板没有生气，这怎么办呢？正在纳闷，而事有凑巧，遇到一位熟于此道的陈茗屋，指导了他，并借给他很多的旧制印纽，大大地开了他的眼界。他就拜茗屋为师，茗屋更为他介绍了几位雕纽好手，得以切磋琢磨，因之使他在雕纽手法上，迈进了一大步。从此他对于雕纽，有了把握，且扩大学习面，不仅注意到前人的印纽，举凡泥的、瓷的、铜的、玉的、木的、竹的以及任何美术成品，只要妙造自然，不落俗套，都搬用到雕纽上去。他自己说："要博采众长，像植物的根茎一样，伸得长，吸取的养分多，自然枝蕃叶茂，结出硕大的果实。”

他一次旅游吴中，在洞庭东山的杨湾，看到三德堂的石刻佛像，开相既庄重，衣纹又细致，刻工之妙，无以复加。他出了神，呆呆地看着，不但忘了进餐，又复掉队忘了归去。有一次，在松江方塔公园，欣赏明代砖刻的照墙，那个怪兽，有气吞日月之势，画面和线条，都臻上乘。他看了半天，还不过瘾，以后连去数次，专诚为了这个砖刻。又有一次，赴南京，在明孝陵观摩了翁仲和石兽，觉得刻工出奇制胜，气魄不凡，他又看得出神。尤其石兽，或蹲或立，或俯或仰，动态不一，肢体爪牙，以及披毛，也各不相同，这些可以直接搬上印纽，对他来说，更属最好的范本。他还有些经验之谈，谓：“刻纽之先，用刀雕成一个大轮廓，然后层层刻凿，何处留着，何处去掉，事前审慎安排，否则，把不该留的留，尚不要紧，把不该去的去掉，初学的就没法挽救，成为废材。熟手虽能改变造型，然总带些牵强，有失自然。凡兽纽最重要是具动的感觉，务从头部到尾部及背脊的曲线作～状，使呈强烈的跳跃势，首和尾起着呼应。倘要表现兽类的犷野性格，宜用夸张手法，一般头部须大，小了就没气概，双目要奋张，嘴角要上翘。”又谓：“制纽浮雕固难，那薄意浮雕，难度更高，非具有高超的技术不可。第一构图正，次则下刀准。对动物和花卉，用压缩方法来处理，从透视上分析受光和背光的明暗度，来表达它的立体感和空间感。浑厚不等于模糊不清，工细不等于棱角毕显。”

沪上最近举行过：“中日书法篆刻展览会”。日本人的印纽陈列甚多，这些印章，大都矮而扁平，深褐色，极古雅。所雕蟠螭游龙，绕以云气，精巧灵秀，韵味盎然。他观览之余，从中取法，使这种雕纽法从我国流至日本的，再从日本归还我国，这也是保存国粹的爱国主义精神吧！

他把历年来摹刻和创造的印纽，择其尤者，摄成彩色照片，凡百余件，有长的、短的、方的、圆的、不规则的，形形式式，装成一大册。题字的，有陈巨来、钱君匋、叶露渊、陆康、陈茗屋、徐云叔等，而画家刘旦宅且草书“二杨并妙”四字，附识云：“精于镌印纽者，前有杨玉旋，今见杨忠明所作，可以媲美。”原来杨玉旋，清康熙时漳浦人，《漳浦志》有《杨玉旋传》：“杨玉旋，善雕寿山石，人物禽兽俱精巧，当时好事者争延之。”而《后观石录》更力赞玉旋：“所刻一对葡萄纽，纯灰色，独取其白色而略渗微红者为枝叶，其叶中蠹蚀处，各带红黄色，浅深相接，如老莲画叶然。且嵌缀玲珑，虽交藤接叶，而穹洞四连，可称鬼工。”我想杨忠明对印纽锲而不舍，精益求精，不久的将来，不难达到杨玉旋的先进水平，我姑拭目以待之了。

摔跤名手兼刻瓷家杨为义

摔跤是武的艺术，刻瓷是文的艺术，那是风马牛不相及的，两者相兼，总认为是不太可能吧。但不太可能，而竟为可能，这岂不奇哉怪也。

我所要谈的，是生长在南京而寄寓在上海的杨为义。他体格壮健，又复膂力惊人，有大力士之称，只手引体向上，不算一回事。他参加上海精武体育会，是会中摔跤健将。一九五六年，在全沪摔跤观摩赛中获得甲级冠军，又任精武体育会的举重指导员。那时上海报刊纷纷登载他的照片，是轰动一时的人物。

他能武能文，自幼即喜作画。父亲是个教育工作者，很重视子女的教育，见他喜欢作画，就在这方面培植他，虽家境清贫，宁可撙节衣食，那纸张笔墨以及绘画所需的参考书册，总是尽量供应。他在精神和物质两方面得到充分的支持和鼓励，因此在六法上打好了深厚的基础。同时从事书法，后来兴趣又转移到篆刻上去。他眼力特别尖锐，加之腕力又特别强劲，能在象牙上刻精细的山水，和蚁足般的小字,锲而不舍,造极登峰。奈自太平洋战事起,象牙的来源断绝了,恰巧这时有位朋友,送给他一把工艺上用的钻石刀,劝他刻瓷,他就听从朋友的话试刻着。他有细刻象牙的基础,腕力又强,一刻就感到用钻石刀在瓷器上刻出的线条更饶金石气,且瓷器的面积比象牙大得多,有利于表现更丰富的内容,兴趣就越发提高了。一九五三年,他的牙刻和瓷刻作品在全国民间工艺展览会上展览。会中某干部对他说,“象牙细刻,南北各地,尚有其人,至于瓷刻,北方仅有朱友麟,年已衰迈,南方只有薛佛影和你了。”经这一提,他在瓷刻上,更大大地下功夫了。他原想到海内外各地举行旅行流动展览,以便随处写生,收集名山大川的素材,再创出新的风格,但是,这个理想未能实现。

解放初期,他曾在上海青年会举行个人细刻展览会,博得很高的评价。印度尼西亚总统苏加诺来到上海时,他精心雕刻的一颗象牙印章和一象牙小插屏,送给了苏加诺。这颗印高六公分半,每面宽仅一公分二厘,在这小小的面积上,刻了毛主席和苏加诺会见的握手像,反面刻着苍松三株,余隙又刻了苏加诺在北京机场上的讲话,共四百又八字,真是鬼斧神工。

他不仅刻牙刻瓷,还擅长刻竹,有时又刻砚。许多成品,大都是业余的创作,直至一九五六年,上海成立了工艺美术研究室,他才应聘担任美术研究的瓷刻工作,迄今二十多年，朝斯夕斯，从未中断过。各国来宾访问他的很多。他带了四位艺徒，由于刻瓷难度较高，有的眼力腕力不能胜任，便舍此改业了。

刻这种精细的东西，昼间不易聚心，容易刻坏，总是晚间奏刀。这时群动俱息，万籁无声，一灯耿然，凝神致力，经常弄到半夜三更。逢到隆冬严寒，室内没有保暖设备，致两膝和胫骨患着关节病。又拇指用力过度，弯曲了一时伸不直，必须用左手慢慢地把它扳开，揉了再揉，始复原状。又拇指和食指，常有因神经拘搐而发抖的现象，右肩骨略呈畸形，心脏也感觉不舒服。领导同志关怀他，给他较长的休养时间，到空气清新的郊外去住上几个月，到名胜古迹处逛逛。疏散疏散后，体力上、精神上都有显著的好转。

有一年，他参观了捷克的儿童玩具展览，看到富有教育意义的木偶，通过巧妙夸张的手法，与生动活泼的外形，表现出儿童的思想感情。他大大的发生兴趣，认为儿童美术，也是教育上的一个重要环节，他开始研究儿童美术。近年来，在这方面，写了若干万言的文章。他利用休养时期，常跑附近的幼儿园，看到这些天真烂漫的儿童，似乎自己也回到了幼年时代，什么世虑杂念，荡涤得干干净净，对于自己的身心健康，大有裨益。一方面又体验了儿童美术教育，也有很大的启发，把写就的儿童美术一文更补充了若干万言。上海教育界还请他作了几次演讲哩。

徐忠明精雕鸟笼钩

我居住沪南时，常到豫园湖心亭和几位熟朋友喝茶聊天。这一带蓄养鸟雀的很多，养了珍贵的鸟儿，就讲究艺术化的鸟笼，因此各处的鸟笼都汇集拢来，求得善价。据说笼的高低，须看鸟的大和小，文和武，作适当的配置。有一种杜家笼，那是前清同治年间昆山杜姓所制，非常灵巧。光绪初，常熟梅凤林的黄头笼，也很有名，这笼宜于蓄养开脚的鸟。福山王某仿制的王笼，略具形式，但没有梅凤林的精致。又周载臣父子所制的绞丝冰梅刻花绣眼笼，价值也相当高。又吴郡姚直甫喜养绣眼，自制金丝竹笼，笼丝眼的步弓，节节不同，人家仿造不来，因此直甫笼成为重金不易购觅的骨董。有个无锡人姓蒋，他有直甫笼一只，还配上凌居士钩，古窑缸，子母绿的什件，看见的人没有一个不艳羡的。原来有了艺术化的鸟笼，那笼钩也就必须加以选择。

徐忠明就是一位雕凿笼钩的好手，称为“忠明钩”，凡是养鸟的，都知道他。当时，一副忠明钩，当铺里可当一百元(那时一石米只五元左右,一百元为一巨数)。他原籍湖北,在锉刀铺里做过学徒,后来到上海,改业雕紫铜笼钩,所雕的有字有画,且款识年月,一切都备。养绣眼,芙蓉的笼子,名文笼,那就配用文钩,钩上雕着《西厢记》、《红楼梦》等故事。笼是养黄头等善斗的鸟,名武笼,那就配着武钩,钩上雕着《三国演义》、《水浒传》等戏剧,无不纤细精巧,妙到毫巅。可是他喜欢饮酒,几乎天天烂醉如泥,很少工作时间,成品也就不多。晚年双目失明,更不能雕凿。当时有一青年,本在旱烟筒店里凿筒头细花。忠明看他很有技巧,便把女儿许给他,并教他雕凿笼钩,也很有成就。

装潢名手刘定之

我们几位老年人，逢到星期天，往往不约而同的到沪西襄阳公园茗叙一番，上天下地，无所不谈，刘定之便是我们茗叙同志之一。他年高七十七岁，足力不济，非乘车代步不可，所以到了襄阳公园，我们不见车儿进来，也就猜测着刘定老或许又发病了，因为他近年来患着癃闭，又复气喘，经常发病。一个星期，他没有来，大家都猜着他病了，岂知不但病了，而且一病不起了，这是谁也没有料到的。他的逝世，不仅在我们襄园丧失了一位茗友，也是艺术方面丧失了一位驰誉海内唯一国画装潢名手，当然是令人震悼的。

他的装潢，的确具有惊人成绩，举凡宋元明清的书画，任你破损到如何程度，甚至脆得不能触手的绫绢本，一经他手，就能恢复本来面目。他的这一套手法是哪里来的？其实并没什么秘诀，完全是刻苦钻研，悉心探讨而来。

他是江苏句容人，从小到苏州学裱画，因为苏裱，是非常讲究的，更在扬裱之上。这时他名春泉，从师学艺，不厌不怠。晚饭后大家外出疏散，他却一灯照影，看着贴在板壁上的画幅，哪个时代的绫和绢是怎样的，哪个时代的纸素又是怎样的，什么色泽的书画原本，配着什么色泽的裱头。在平时又仔细看着师傅怎样的挖嵌镶缀，才能熨贴；怎样的包头配轴，最为古雅，以及调浆技术，磨研工夫，一系列的基本功，领会习练，处处揣摹，又复不分心，不旁骛，始终如一，当然所学也就突飞猛进，青出于蓝了。后来，他自己在玄妙观前宫巷别树一帜，名“晋宜斋”，一面搞业务，一面继续研究，情况日益良好。不意齐卢发生战事，不得已，从风声鹤唳中迁到上海来，在威海卫路发展业务，于是“刘定之装池”，成为装裱的权威。解放后不久，他就放弃了自己的营业，而应聘于上海市博物馆。馆藏名件，十九经他重装复裱，焕然一新。北京故宫博物院，慕名请他北上，奈不克分身，只得培养下一代，由他的女婿某代之赴京。

他从事装潢数十年，历代书画，经他裱过的，数以千计，那旧裱的剩缣零纨，片楮尺幅，其中有宋元的，有明清的，他都一一留存下来，月积年累，蔚成一大束，所以逢到装潢破损的古书画，什么年代的，就能把什么年代的缣纨楮幅补配上去，浑然一色，成为无缝天衣。且他在补缀上又运用巧妙的手法，能把缣素的纤维细加剔治，使之紧凑密接，所以裱好后不落痕迹，甚至在阳光中竖起一照，也照不出丝毫破绽。记得有一次，某收藏家把一幅唐六如的真迹，请吴湖帆审阅，深惜画幅中心破了个洞，顿使这画精采消失，成为莫大遗憾。湖帆端详了一下，说："不要紧，有办法。"那位收藏家说："您既有办法，我愿把这画送给您，求您画一小幅，作为交换如何？"结果湖帆真个换了下来，立请刘定之加工一补，湖帆在那儿填补了几笔，也就成为一幅气韵生动的佳构。后来湖帆嫁女，便把这画作为妆奁的点缀品。

定之七十寿辰，请人写一"寿"字，凡属名流，征求殆遍，若干年来，成为洋洋大观。又有一手卷："水槛遣心图"，由郑慕康造象，湖帆补景，疏柳飘拂，阜石嶙峋，很为清逸。池塘中一对鸳鸯，作比翼交颈之态，这是出于周炼霞女史的手笔。题识者很多，可谓琳琅满目。他到过黄山，拍了许多黄山照片，装成一册。他知道我也到过黄山的，就出一冷金小笺，要我在上面题写几句，我就作了小识，如云："昔人云：'五岳归来不看山，黄山归来不看岳'。甚矣黄山之突兀峥嵘，极天下之奇观也。余三年前，曾一陟其地，登天都、莲花、始信诸峰，观云岫之弥漫，古松之蓊蔚，为之豁眸荡胸，烦虑尽涤。刘翁定之作黄山之游，且摄影以留迹。顷蒙见示，白须飘然，衣袂欲举，与翠峦苍崖相映带，对之不啻此身犹在松风云海中，恣我豁眸荡胸之乐也。"讵意这就成为最后的翰墨因缘了。

我和他还有一项未了的宿愿。因为他专业装潢，具有数十年的经验和阅历，可谈的很多，且有鉴前人的《装潢志》，无非文人的空谈，自己没有参加实际工作，是谈不出什么来的。他约我彼此合作，写一部《装潢新志》。他知道我很忙，没有余暑，说等我退休，那就晤叙的机会多了，他口述、我笔录，不消半年，可把这书写成，对装潢从业人员，作出一小小贡献。我欣然允许，及我正式退休，他已溘然而逝。这个宿愿，也就无法可偿了。

但杜宇爱禽成癖

最近我写了《影坛旧闻》小册子，所记者，是但杜宇和殷明珠的往事。想到这一代艺人但杜宇，生活面很广，他爱鸟成癖，也有可以补述的。

杜宇本是一位画家，不论国画、油画、水粉画、铅笔画都有很高的造诣。花和鸟为作画的主要素材，为了找活范本，他就亲自栽花养鸟。他觉得蓄鸟于笼，空间太窄，鸟不能飞翔，有失灵活性，所以他择一隙地，就着扶疏树木，围了铅丝网，高丈余，广半亩许，足够禽鸟的回旋上下，矫翼饮啄，既全其天，复得其性。每日清晨，鸟啁啾其间，乐且无涯，杜宇对之，自具好鸟枝头亦朋友之概。

杜宇经常到沪南豫园去，那里有许多鸟店，他是老主顾。店铺主人和他很熟，有了比较珍稀的品种，总是留给他。有一次，杜宇获得绿鹦鹉一对，翠羽略有斑痕，甚为悦目。可是蓄养不久，死掉了一头，仅存的似有孤栖可怜之态。杜宇惋惜得很，托鸟店为配其一，奈一般的翠羽容易找，翠羽而有斑痕，那就无从找得。而事情凑巧，某姓家恰有那么一头，由店主介绍，杜宇亲去访问，一见之余，为之大喜，原来大小色泽，完全相配，即斑痕也是一模一样。可是某深知杜宇是位名画家，提出要求，务须杜宇对鸟写生，作为交换条件。杜宇费了半天工夫，成一缣幅，两人且结为朋好。有一天，鸟铺主人为杜宇觅到一头黄莺，黄莺一名黄鹂，为鸣禽之一。唐人颇多把它作为诗料，如："阴阴夏木啭黄鹂"，"二月黄鹂飞上林"，"隔叶黄鹂空好音"等等。杜宇为绘黄鹂翠柳图，满以为得此清音，足以助其画兴，岂知饲以各种果品和豆谷，它不鸣不啄，竟做了首阳山的夷齐。又一次，杜宇在鸟铺看到西洋种莱克亨鸡，羽毛一白如雪，衬着高高的红冠，既雄健，又美观，便买了若干只，蓄在场地上，饶有田村景色。杜宇每日晨起，自己不及进早点，就来喂以米粒和菜蔬，看鸡的群趋攘夺，大为得意。不料忽而鸡瘟，死掉了多只，不到一星期，全部病瘟而死，杜宇从此不再养鸡。

杜宇到香港，也经常逛鸟铺，又和铺主交朋友。铺中来了一批秦吉了，这种鸟状如鸲鹆，全身黑色，两眼后有黄肉冠，脚黄喙赤，能效人语，别有一种风格。杜宇携了画具，在铺里整整画了两天，成一横幅，自诩笼羽而归。过了些时，他的弟子庄国钧来沪，杜宇即托国钧把这画赠给了我，我很是珍视，可惜浩劫中被掠而去，不知落到哪里了。

介绍跳舞给国人的先驱者徐傅霖

我国古代的舞，那是一种乐舞，所谓："执干戚羽龠之属，屈伸俯仰以为容也。"这种乐舞，有异于现在的跳舞。现在的跳舞，大抵男女二人为之，以音乐节奏配合其步伐。这种形式是外来的，上海为通商大都市，受外来影响较早，这个玩意儿，首先介绍给国人者为谁？我可以回答说："这是徐傅霖。"

傅霖是苏州浒墅关人，留学日本，学的是体育，什么徒手操、哑铃操以及其他种种体育活动，都给他学会了，连得跳舞，他亦步亦趋，居然也被他学了去。但这时他对于跳舞，仅仅是从兴趣出发，认为学了没有用，姑妄学之而已。及毕业回国，他编写了几本体育入门书，把徒手操、哑铃操等种种动作和种种姿势，请人绘成了示意图，有的是实线，有的是虚线，有系统的表示左右旋转、上下俯仰的动态，卖给商务印书馆，刊印出版。当时各学校纷纷采用，作为教本，把体操列入科目之中。他的夫人汤剑我也留学日本，学着体育，一门体育，共同工作，各学校争聘他夫妇俩来教徒手哑铃等操。若干年来，培养出许多体育人才，那位上海著名的老体育家年登耄耋的陆礼华，还是他们的学生呢！

傅霖是戏剧爱好者。这时上海兰心戏院，设在博物馆路（现在长乐路的兰心戏院是新院），是外国人所经营的，时常由旅沪西侨所组织的剧团演出世界有名的剧本，为话剧的开端。每剧演出，傅霖例必去观赏一回。观众什九是外国人，所以票价很高，他限于经济条件，没有办法，总是买三楼的票，但也须银币一元。所得的戏剧知识，确非浅鲜。

大约1917年吧，张状元季直在南通办伶工学校，请他教课，并派他和欧阳予倩一同东渡，考察日本的俳优教育，俾伶工学校有所取法。他回来后，常在《时报》上写些剧评，竭力提倡改良戏剧。恰巧这时有位戏剧家王熙普（钟声），担任开明绅士沈仲礼所建立的通鉴学校的校长，在报上登着广告，宣言创导新戏剧，招青年来学习。这个运动，更符合傅霖的胃口，便访问了王熙普有所建议，双方水乳交融，谈得非常投契，熙普立请傅霖来合作，校中开了学，学生不上什么课，不过天天排戏，为实地练习。有一天，剧中有一跳舞场面，没有人熟谙这门技术，既而得悉傅霖在日本学过跳舞，就请傅霖来教授。他日间在南市学校教体操，晚上到通鉴来教跳舞。由于他循循善诱，跳舞逐渐开展，甚至社会上相习成风，什么探戈舞、狐步舞、华尔兹舞，成为时髦人物的新娱乐。当初认为学了没有用，不料现在却派了大用场。

徐傅霖多才多艺，由体育而戏剧，由戏剧而小说，由小说而园艺，都有相当成绩和贡献。且为人诙谐百出，眼睛一眨一眨的，人们看了他就要发笑。他的写作，充满了笑料，所以有“东方卓别林”之号，简称之为“笑匠”。他字筑岩，谐声为“卓呆”，又因梅字一作“楳”，又号半梅。他一度寓居闸北，别署闸北徐公，不让当年邹忌的城北徐公专美。世俗谓妇女年龄增长而犹有丰姿的，为半老徐娘，他又自号半老徐爷。《杨家将》小说中有杨老令公，他生肖属羊，又复演戏，又谐声为羊老伶工。文人往往摭取古雅的字面，题为斋名，如什么秋水轩、听松庵、含英阁、吟芷居等，他故意化雅为俗，为“破夜壶室”。文人取名号，也是取具有书卷气的，他却化名李阿毛，我们和他开玩笑，叫他阿毛哥，他又和我开玩笑，因为我喜为各杂志写补白小文，他就称我为补白大王。当时又有一位评弹家又兼擅小说家言的姚民哀，和傅霖搭着档，在报上时常提到补白大王，居然叫出了名。旧时写信，结束语不像现在的简单，“此致敬礼”便可，当时颇有一番讲究，如致诗人应称吟安，致商人应称筹安，致官僚应称勋安等等。他们俩似乎不约而同，致书称补安，这一下直影响到目前，有人来采访，写采访稿，还是补白大王长、补白大王短。在三十六期的本刊，刘东远和齐涤昔合写了一篇《补白大师郑逸梅》，似乎由大王升级为大师了。追究根源，始作俑者，其徐姚乎。

傅霖晚年又赴日本学园艺，因此善作盆景。丘壑林麓，可用报纸来代替树石，不知他在纸上涂上一些什么药剂，这种纸做的伪东西，经过风霜雨雪，却依然无恙。这时他名副其实，又恢复了筑岩其名。

他的头脑是艺术的，可是又是科学的，一度和他的后妻华端岑女士，做科学酱油，很为鲜隽。起初是赠送朋友的，此后要的人太多，供不应求，竟定了价格，做起酱油生意来。因为华端岑帮他做，称之为“良妻牌酱油”。他的信笺，特请钱瘦铁题上“妙不可酱油”，为“妙不可言”的蜕化语，因言与盐同音，从取笑中做了广告，这时他的笔名为酱翁，又号卖油郎。总之，他妙趣横生，令人喷饭。

莫悟奇的灯彩和魔术

凡年龄在五十左右的，大概还知道上海曾以魔术负盛名的那位莫悟奇吧！莫是苏州人，小名阿毛，生长在贫农家里，生活是很艰苦的。家里实在没有力量好好栽培他读书，就送到一家纸扎店里当学徒。但是他肯刻苦钻研，一面学习文化，一面在业务上开动脑筋，他认为纸扎专做冥器，具迷信色彩，太觉无聊，应当在灯彩上有所发展，如灯节的鲤鱼灯、蚌壳灯、走马灯，以及舞台上演“斗牛宫”、“天河配”等灯彩戏的各式各样的纸灯，都可以革新，创造出新形式来。和他同业的还有一位叫商东臣的，也是这样想法，两人志同道合，就共同研究，结果创造出活动灯彩若干种，都是透剔玲珑，非常巧妙的。那时上海人士尚没有看到这样的玩意儿，都叹为奇观。各商店用它来做广告，各戏馆用它来点缀布景，真是轰动一时。后来各纸扎工匠纷纷摹仿他，外间多见，便不足为奇了。他脱离了纸扎店，别辟途境，研究新魔术。他认为旧的一套变戏法，陈陈相因，不如用新魔术取而代之。当时有一位《海上繁华梦》作者孙漱石老先生的弟子钱香如，在孙漱石所编的《繁华杂志》上专辟一栏，大谈魔术，因此声誉很盛。有一次，香如应上海“群学社”的邀请，作魔术表演，可是香如只有理论，缺少实践，表演失败了。香如不得已，向一专家学习，奈这专家保守秘密，不肯公开，除非向他定购一套高价的魔术器具，他才肯告诉这一套的魔术手法。香如的家境比较好，就定购了不同式样的数套，学会了数套魔术。莫和香如相识，便辗转学会了一些，更触类旁通，居然有十多套可以表演了。

后来日本魔术家天左、天胜娘先后来上海表演，借座“民鸣社”剧场。莫知道了，预先和他的老友钱化佛商量，恰巧这时钱化佛在“民鸣社”演新剧，商量的是疏通该社后台负责人，每逢魔术表演，容许他躲在台上面布景空隙处向下窥看。他本来是有门径的，经这启发，个中秘密，都给他揭穿，他运用这许多诀窍来表演，成绩大大地提高，反有出蓝之概。于是莫悟奇成为魔术家的权威。同时有一位鲍琴轩，用“科天影”的艺名，出演魔术于各游艺场所。各戏馆演海派戏，竞尚机关布景，纷纷请鲍设计布置，实则鲍的这些技巧，大都是从莫那儿学来的。

莫虽没有在学校受过良好的教育，由于自己用功，也具备了相当程度的文化修养，常和一班名士如杨了公、戚饭牛、刘公鲁等往还，知道了些风雅门径，栽种许多小型卉木，制成盆景，并安排了些小石块、小屋舍，以及人物等等，居然赏菊篱边，锄梅皋畔，对之令人意远。他进一步自用陶砂制成花盆茶具与瓶罂等器，不论在色泽上、形式上都是既光洁而又纯朴，和市上所见的不同。我书桌上有一紫砂花瓶，其重似铁，高六七寸，做成竹节形，上面突起些小枝儿，纤细的几片竹叶，好像美人的双眉，清秀得很，即是莫运用艺术手法塑造出来的。莫的大半生致力于魔术，制作陶器，为时很短，所以他的作品流传不多，物稀为贵，大家就格外珍视了。

莫悟奇在抗日战争期间逝世，他的儿子名非仙，能传父业，但没有他父亲栽卉制陶的那一手本事。

气功能手董世祚

多年以前，听得人们谈着一个怪有趣的故事。一天，沪西重庆南路，驶过某路电车(那时车门不是自动开关，是由售票员用一铜钥匙，到站时开启的)，乘客下了车，售票员正欲把铁门关上，忽地跳上一人，力气很大，奋登车厢，售票员把这铜钥匙在他头上叩击了几下，这人毫无反应，可是售票员那持着铜钥匙的手却僵着不能动弹了。不得已，只能装出可怜相，求他挽救。这人笑了一笑，在这售票员手上轻轻一抚，就恢复了活动。大家正惊诧间，这人却下车走了。

最近友人吴祖荫来访，偶从电视中的气功表演，谈到其他故事。我忽然提起当时这个谜儿，祖荫告诉我，这是真的事实。其人姓董，名世祚，四川人，行三，大家称他三董，流寓上海很久，今年七十七岁了，祖荫和他是很熟稔的。问我是否想见见他？我好奇心动，便约期由祖荫伴着到董的寓所，一进门，迎接我的，乃颓然一老，在外貌上一些看不出他的能耐来。经过一些客套，祖荫就请他谈些往事给我听，才知他的功夫，是渊源于家学。他的外曾祖罗益，当时参加军伍，当然是有武功的了。罗益认识了一位大家称常二爷的。常二爷由少林寺僧还俗，精通拳术，具有一套深邃的内功（即气功），绝不自秘，传授给了罗益。罗益的儿子因明，字敏卿，就是董世祚的外祖父了，薰沐庭训，笔录了常二爷的述说，成四大册，作为枕中鸿宝。一方面，军幕中不乏奇材异能之流，又复探索了很多的高技，集为大成，也就拔戟独树一帜。且能文能武，研究上古史，乃有《商周鼎革史》的撰述。当时马相伯老人见了很为称赏，怂恿付诸印行，奈因循未果。后来传给世祚，可是这稿和常二爷述说的四册笔录，都在十年浩劫中失散了。因明具革命思想，在清运未终时，已把发辫剪掉，清吏捉剪辫的，认为革命党，因明没有办法，改易僧服，牛山濯濯，藉此掩护，直至一九二四年逝世。

世祚很得外祖父的钟爱，一天，问外祖父："四川崇山峻岭，猛虎潜踪，你老人家遇到过没有？遇到了怎么办？"外祖父回答他说："虎的力气，算不了什么，我力能对付它。"世祚听了，既惊且喜，知道练了功，什么都不怕，那是所向无敌的。于是，就立志练内功，这时方十岁，由外祖父教他怎样摆架式，正步位，一举手，一投足，悉从外祖父所教。每天练功，始终不懈，但自己并不觉得有什么成就。那时他在沪西徐汇公学求学，寄宿在校，他课余便练功，甚至晚间睡在床上，还要用十二磅重的铁哑铃，举着作上下伸缩，凡数十次，不料举到最后，他蒙眬入睡了，一松手，那个十二磅重的铁哑铃，坠落胸口，经这一惊，他醒了，却一点也不觉得疼痛，这才知道自己在这方面有功夫了。他在气功上学的是开口功，和闭口功不同，闭口功，要默默地鼓着气，才能对付。开口功，事前不作准备，谈笑自若，却能抵抗外力的袭击，难度当然高一层。恰巧这年发生五四运动，学生纷纷罢课游行，学校当局深怕肇事，提早放暑假，假期延长达三个月，他乘着这三个月的闲暇，加强练习，成效卓著。从此校中同学，都把他看作奇人，用木棍打他，他不觉得，用铁锏击他，他也毫无感觉。后来他进辅仁大学，大学的同学，也目他为奇人。某晚，乘他醉卧，用棍连击，他半睡半醒，觉得棍击的同学击了几下都跑走了，明天问当夜的同学，为什么击了几下便停止？同学回答说："棍都击断不能用了。"

他在上海吴中一及姜子冶家，表演铁板桥。即用二椅，相距数尺，他的头搁在椅背的上端，足部搁在另一椅的靠背上，身子全部脱空。由一大胖子重二百四十磅，背上重叠负着两个人，各重一百八十磅，共六百磅，立在他脱空的身子上，更用力蹲上十几蹲，他也若无其事。又他坐着，三人各持拖把柄撅住他的喉部，他稍一振作，三人连拖把柄一齐倒地。又他仰睡着，人用手掌猛劈他的喉部，凡三下，喉部无恙，手掌却受伤了。据说尚有金钟罩、铁布衫，又有罗门十三掌、罗门十三枪，名目很多，如朝天、跌水、左插花、右插花、慢橹摇船、大蟒翻身等。后来他遇到了乐焕之，乐是太极拳圣手，他又转向致力太极拳。他说："太极拳另有许多玩意儿，那就要听下回分解了。"

徐棣山的筑园癖

前清末年，徐棣山为海上寓公，贸迁有术，饶有资财。他认为奔竞了半天，必须有半天的疏散，借此调节一下，才合养生之道。他就在沪市唐家弄买了三亩地，浚泉堆石，植木莳花，又盖了些屋舍，什么“鉴亭”、“鸿印轩”、“桐韵旧馆”等，堂庑周环，曲廊连比，称为“双清别墅”，俗称“徐园”。

他有了一园，尚不餍足。又在华山路别辟“铭园”，一称“小西湖”，具体而微，有六桥三潭之胜。所谓六桥，它限于地位，只有一条石矼，架在池沼上面，镌着“六桥”两字，便代替了苏堤的“映波”、“锁澜”、“望山”、“跨虹”等桥了。那三潭也是异想天开的，这时尚没有电炬，只有自来火灯，他就在水中竖立三个柱子，柱上各装灯架，晚上烨然有光，水波上下，动漾有致，便算三潭印月了。又在曹家渡，沿吴淞江，筑“水云乡”，对江又辟“桃李园”，媲美李青莲的乐叙天伦，坐花醉月。旁有“小兰亭”，遍艺芳兰，中为一亭，曲涧绕之，逢到上巳，居然也举行修禊故事。这怎样办呢？原来隔邻有一牛棚，就利用牛匹戽水，灌到涧里去，滔滔汩汩，随岸曲折，宾客们散坐水边，上面一只只的小木盘，安置盛酒的小杯，并在杯下压着小纸条儿，由水流送下，送到那儿，那儿的座客就取杯一饮而尽。纸条上有诗题分咏，不拘长歌绝句，必须写一首应景，也就所谓曲水流觞，参加的仿佛都是晋代衣冠，和王逸少、支道林辈把臂联袂了。

后来的“徐园”，搬到康脑脱路（即今之康定路）。那时徐棣山已逝世，年只五十八岁。他既林亭适性，花木怡情，应当享受大年，为什么中寿便死？他是未尽天年，死于非命的。那年春初，戚家请他喝春酒，他乘着自备的马车前去，戚家肴核既精，酒又醇美，他熏然有醉意，归来马蹄得得，斜照一鞭，不料车门没有关紧，在疾驶中他从车门坠地，受伤不治而死。至于园林搬场，那是他的两位哲嗣徐贯云、徐凌云继续经营的。因为唐家弄一带，已成为热闹市区，且地仅三亩，不能开拓，把园林搬出该地改建市廛赁出，可以获得较高的租金，那是很上算的。康脑脱路新址，占地十八亩，按贯云、凌云兄弟的意图，把唐家弄的园子搬过去照原样布置。可是发生了困难，地盘增加了数倍，若照样列设泉石，安排亭台，就有散漫荒率之感。且旧园非常紧密，廊道环通，上盖屋面，下雨游园，可以不用伞，不走水路，现在却不可能了。不得已采取变通办法，只求轮廓相似，里面未免有所增益减损了。

春秋佳日，南社人士常在那儿雅集，《南社丛刻》中有好几帧雅集照片，都是在那儿拍的。园中时常举行菊花会、兰花会、梅花会、牡丹会。又有琴会、曲会，那昆曲传习所，即在此演出。夏日有斗瓜之戏，择硕大的绿沉西瓜，在银刀待剖之际，猜黄睹白，并以子的多寡，臆测其数，数相近的为胜。每逢春节，特备一绢制方灯，悬挂在“鸿印轩”中。由一位海宁人徐美若主持谜政，预先制了若干谜条，黏在灯的四围，射中的以书籍文具作为赠品，这情景也是很热闹的，那小说界前辈海上漱石生（孙玉声），素有谜癖，当然历届参加，在他所著的说部《海上繁华梦》第二集中，把园中景色，描绘得非常细致，读后有身历其境之感。

该园门设常开，游客纳一角钱，作为游资及茶费，在此盘桓永日，游目骋怀，品茗话旧，的是尘嚣不到的清静境界。自抗战军兴，那些闸北难民，无家可归，就把该园作为收容所，人多嘈杂，煤灼烟熏，于是垣颓屋倾，不成其局。不久又不戒于火，虽经扑灭，然已毁去一部分，难以恢复，就索性把它拆掉，改建市屋。非老上海，已不知徐园往迹了。

编后小记

沈建中

在我弱冠伊始的整个1980年代的十年间，阅读重点几乎都是文史掌故作家郑逸梅先生的书，太喜欢了，每次跑到新华书店，见一本买一本，又分别托了在新华书店当营业员的两位朋友"开后门"，凡是郑逸梅先生的新书到货，立即帮助留下一本。现在看来，当时是郑先生出版著作最密集的时期，数了一数，有二十来本。完全可以说，我那时的近现代文史掌故知识，极大部分来源于阅读郑逸梅先生的书。也可以这样说，直到现在我对于近现代文史资料搜集、整理、研究和编撰的兴趣，就是在那时受到启蒙作用的。

起初，最喜欢他的《艺坛百影》。这本书刚出版的时候，就买到了。其时适逢我正热衷于肖像摄影，读这本书，就像读一本人物摄影集那样格外有味。印象很深的是，郑先生在"前言"里把自己擅写人物掌故比作拍照，他娓娓而谈，旧时拍人像照，不是端坐，便是挺立，千篇一律，呆板得很，形是有了，神犹欠缺；要突出神，就需要从动态中去表现，所以近来的风尚，都喜欢拍生活片段照。由此，这位伟大又谦逊的老作家从中悟出描写人物的窍巧。他认为，倘使一本正经用传记方式写，那就和端坐或挺立着照相差不多，呆板而不够味；倒不如抓住人物的片段活动及其艺术修养来写。

心仪久之，爰亦步亦趋似的效颦。《艺坛百影》书名中的“影”字，按郑先生说法就是“照影留痕”的意思，而“百”字只是取其整数而已，其实写了 102 位艺坛人物。他还说，任何人都有优缺点，倘求全责备，吹毛求疵，如这样可下笔的人物就太少了；应放宽尺度，与其多贬人之缺，不如多褒人之优，庶不失温柔敦厚之道。受其启发，我开始渐渐地专注于对二十世纪学林文坛的杰出人物进行广泛考察，在将近廿年间先后采访各地老一辈学者专家三百余人。这一工作的实施，也能说是依靠阅读郑先生著作给培养起来的。

郑先生谈及自己尤其对于近百年来的人物，更感兴趣。因为这些人物，有的在前辈的口角春风中略知梗概，有的自己曾经追随杖履，获聆清诲。他觉得，以往所见所闻，历历在目，应当记述出来；否则随着老人逐一故世，这许多历史掌故，实也因此而泯灭，岂不可惜。这亦触发我急不可待地为前辈学者专家们拍摄肖像，并立即就从为郑先生拍照开始。可是，这一拍摄前辈人物的摄影专题计划难度巨大，但想到郑先生说“要乘自己风灯残年，知道一些写一些，也算小小贡献”，使我深感策励，还有甚么不可克服的困难呢。

关于撰写人物的技法，郑先生也有经验之谈，构思时务须把被写者的风度神采及其内心活动，一一渗入字里行间，被写者才有骨干，才有血肉。推而及之，为前辈学者专家们拍摄肖像又何尝不是如此？遂登门实践，在他老人家的纸帐铜瓶室，力求拍摄出形神兼备的肖像。如今观之当年拍摄的数帧，颇有些自鸣得意，以为是在实现“寓人物精神于形象结构，蓄肖像意境于光影格调”的艺术理想。当然，在我的摄影之路上曾经对此有过短暂的自我否定并追逐夸张奇怪的技巧，但很快由迷失而回归，大约与受过郑先生“亲切有味”的审美观教育有些关系。

就在上两个月，柏伟君邀我选编一册郑逸梅先生专门撰写人物掌故的选本，可说是正中下怀。其实“光阴似白驹之过隙”，早在十年前的2006年曾编过一个郑先生散文选本《纸帐铜瓶》，目下这个选本就是我编郑先生作品的第二种。当然我还有理想，希望能有机会再作一本经过多年在旧刊上寻访裒辑的集子。

郑先生仅撰写人物所刊印单行本有十余种之多，起码在三百万言以上。他前期述写人物，基本上是以俗尚的文言笔记体，都是短小精悍之小品，并得“补白大王”雅誉；后来所用语句演变为半文半白，及至老年时期，尤其是1980年代，应香港和内地杂志约稿，能不受字数限制，所作大都以白话文记叙且篇幅较长。此次由我来选编，除了注重体现史料性、知识性、欣赏性、趣味性，还兼顾每一篇的篇幅之长短，取其折中。我注意到，郑先生尤以撰写清末民初人物为主要，可还是写了许多现时人物，有其老朋友，还不乏后生，如《陆康艺事数从头》、《雕纽后起之秀杨忠明》，还有写他的长孙女《我来谈谈郑有慧》诸篇，这些文章都以白描涉笔，勾勒出鲜明生动的形象。此外，他撰写人物掌故常有穿插一些被写者趣事的习惯，像《奇遇“郑逸梅”》，很是清娱有趣，我亦编入本书，多少有些“为趣味而趣味”，用沪语来说是“好白相”矣。

丁酉季春十六日写于谦约居北窗下

图书在版编目(CIP)数据

照影留痕忆旧游/郑逸梅著；沈建中编.—上海：上海书店出版社，2019.5
(纸帐铜瓶室文丛)
ISBN 978-7-5458-1772-0

Ⅰ.①照… Ⅱ.①郑… ②沈… Ⅲ.①散文集-中国-当代 Ⅳ.①I267

中国版本图书馆CIP数据核字(2019)第006103号

责任编辑 杨柏伟 何人越
封面绘画 郑有慧
装帧设计 汪 昊

照影留痕忆旧游
·纸帐铜瓶室文丛·
郑逸梅 著 沈建中 编

出　　版 上海书店出版社
(200001 上海福建中路193号)
发　　行 上海人民出版社发行中心
印　　刷 苏州市越洋印刷有限公司
开　　本 787×1092 1/32
印　　张 8.75
版　　次 2019年5月第1版
印　　次 2019年5月第1次印刷
ISBN 978-7-5458-1772-0/I·467
定　　价 45.00元